月影に消ゆ
剣客相談人21
森詠
時代小説
二見時代小説文庫
JN199612

目次

第一話　秋風立つ　7
第二話　押し込みの夜　71
第三話　月影党秘録　143
第四話　月影に消ゆ　211

月影に消ゆ——剣客相談人21

月影に消ゆ　剣客相談人21・主な登場人物

若月丹波守清胤……故あって一万八千石の大名家を出奔、大館文史郎の名で剣客相談人となる。

篠塚左衛門……清胤が徳川親藩の支流の信濃松平家の三男坊・文史郎の時代からの傅役。

権兵衛……呉服屋清藤の主人。副業で、揉め事解決の仕事の口入れ屋も営んでいる。

弥生……大瀧道場の女道場主。文史郎に執拗に迫り相談人の一員に加わる。

小島啓悟……南町奉行所定廻りの若い同心。

夏目錦之輔……安兵衛店に越して来た老人。老絵師・玄斎など幾つもの顔を持つ。

絹……下越村上藩の要路、村尾勝頼の娘。

伊能竜勝……絹が嫁いだ村上藩物頭。藩内の争いを避け脱藩する。

玉吉……文史郎と左衛門が信頼を置く船頭。信濃松平家の密偵だった男。

木内勇之進……伊能竜勝と親しかった足軽頭。伊能と同時期に出奔。

茜（藤壺）……木内勇之進の妹。吉原に売られ大籬藤屋の花魁となる。

大月……薩摩示現流を基とする月影流秘剣叢雲を遣う月影党副隊長。

浦上進之助……西郷吉之助の部下の薩摩藩士。

佐助……藤壺の首代として体を張る吉原の若者。

松平義睦……大目付。文史郎の兄。文史郎を陰ながら支える。

第一話　秋風立つ

一

低い丘陵の林が月明かりに照らされ、濃い陰影を作って広がっていた。

赤く熟れた満月が山の端から現れ、杉の梢の間にかかっていた。寺の伽藍の甍が雨に濡れたように光沢を帯びている。

古い寺の境内は物音や獣の気配もなく、静まり返っていた。

月光が照らす中、二つの人影が刀を構えて対峙していた。互いに呼吸を測り、間合いを取って睨み合っている。

二人は修験者姿だが、髷の形から侍だと分かる。一人は白装束、もう一人はやや大柄な体付きの黒装束。

互いに構えている刀は真剣だった。刀は月光を浴びて鈍い光を放っている。

二人を遠巻きにして、七、八人の修験者姿の侍たちが囲んでいた。

その中の一人は、明らかに姿形からかなりの年輩者と分かる老人だった。白装束姿の老侍は胸の前で腕組し、二人の武芸者の動きに目を凝らしている。

立ち合う二人は、微塵(みじん)も動かず、まるで月明かりの中に佇む彫像のようだった。

二人のうちの白装束の影は、満月を背負っており、最上段に構え、さらに刀を突き上げている。

対する大柄な黒装束は青眼(せいがん)の構えで立ち向かっている。

あたりから虫の声が湧き立っていた。スズムシ、マツムシ、クツワムシ、ありとあらゆる虫たちが短い夏に別れを告げて鳴き交わしている。

虫時雨(むししぐれ)。

まるで耳鳴りのように、虫の音が絶え間なく響く。

白装束の影が天空に刀を突き上げる格好のまま、じりっと左足を滑らせて動いた。

大柄な黒装束は不動の岩となって、相手の放つ殺気を受けとめている。

白装束の影は間合いをじりじりと詰めた。

大柄な黒装束は青眼の構えから、右下段に刀を構え直した。

白装束の影がふっと気配を消して宙に飛んだ。

殺気が空気を震わせる。

虫の音が一瞬止まった。

白装束の影は、満月の中の黒い影絵となって、大柄な黒装束に刀を振り下ろした。

黒装束の影は瞬時に下段から刀を斬り上げた。

「待て！　そこまで」

鋭い声が飛んだ。

白装束の影は振り下ろした刀をわずかにずらし、大柄な黒装束の侍を斬らず、前方回転をして着地した。

黒装束の侍も斬り上げた刀を返して止めた。

「よろしい！」

声を放ったのは、老侍だった。

老侍は両手を拡げ、双方を制していた。

「赤月（あかつき）、よくぞ、腕を上げた」

老侍は白装束の侍を誉めた。

「お師匠様、畏（おそ）れ入ります」

白装束の侍は背に真剣を回して隠し、師匠の前に片膝立ちになり、頭を下げた。

老侍は大柄な黒装束の侍に尋ねた。

「大月（おおつき）、いかがに思った？」

大月は静かに刀を鞘に納めた。

「……それがし、まだまだ修行をせねばならぬ、と思いました」

「大月、そなたのことをきいているのではない。相手の赤月のことだ」

「それがし、あのままでは、赤月に斬られると肝（きも）を冷やしました。赤月は間違いなく、腕を上げております」

「さようだのう。わしも、そう見た。赤月、近こう寄れ」

老侍は赤月と呼ばれた侍を手招きした。

「……はっ」

赤月は刀を鞘に納め、すすっと老侍の前にしゃがみ込んだ。

老侍は周囲の人影たちいった。

「大月、青月（せいげつ）、小月（しょうげつ）、前へ出よ」

大月をはじめとする三人の黒装束たちが、老侍の前に進み出て、片膝をついて頭を下げた。

「秋月、夏月、冬月も、前へ」

三人の白装束が老侍の前に出て、片膝をついて頭を下げる。

六人の人影が、老侍と赤月を取り巻いた。

その周囲を大勢の人影が大きく取り囲んでいる。

老侍は月明かりの中で、厳かに宣言した。

「今宵より、赤月を我が月影七人衆に加えるとする。皆、異存はないな？」

「お頭様の御意のままに」「異存はありませぬ」「……異存、ござらぬ」

六人の月影衆は口々に答えた。

老侍は、杉林にかかった満月を振り仰いだ。

そして、月に向かって合掌し、声高に祝詞を唱えはじめた。

七人衆をはじめ、その場にいた人影はみな神妙な面持ちで合掌し、老侍といっしょに祝詞を唱和するのだった。

老侍は祝詞を唱え終わると、七人衆や周囲の人々に向き直り、厳かにいった。

「皆の者に申し渡す。我ら月影党は、これより、江戸に下る。江戸が我らを待っている。江戸に入ったら、いつ何時でも起てるよう、おさおさ用意を怠るな」

「はい」

七人衆は一斉に声を揃えて、返事をし、頭を下げた。周囲の人影たちも、声を殺して、老侍の指示に従った。

虫の声が再び高まりはじめた。どこからか、フクロウの鳴き声がきこえた。

二

朝から雨が降りしきっていた。雨音がしきりに外からきこえる。

秋雨。

冷え冷えとした空気が夏の名残(なご)りの気配を追い出し、入れ替わろうとしている。

庇(ひさし)から流れ落ちる雨が長屋の前の細小路に水音を立てている。

元那須川(なすがわ)藩主の若月丹波守清胤(わかつきたんばのかみきよつぐ)改め大館文史郎(おおだてぶんしろう)は、長屋の居間の文机(ふづくえ)に向かい、静かに書をめくっていた。

雨のせいか、昼をやや過ぎた時刻だというのに、夕暮れになったかのように、あたりは薄暗くなっている。

それでも油障子戸から入ってくる外の明かりで、文机の上に開いた書物を読むことはできる。

清少納言の『枕草子』。

文史郎は書に目を落とし、声に出して読んだ。

「夏は　夜　月のころはさらなり　闇もなほ　螢の多く飛びちがひたる　また　ただ一つ二つなど　ほのかにうち光りて行くもをかし　雨など降るも　をかし」

文史郎は目を瞑り、月夜にちらほら飛び交う螢火を目に浮かべた。外の雨の気配に耳を澄ませた。

雨音とともに、隣との薄い壁ごしに、子供たちの泣き声や暴れる足音、お福の怒鳴り声がきこえる。

文史郎は目を開け、続きを読んだ。

「秋は夕暮れ　夕日のさして　山の端いと近うなりたるに　烏の寝どころへ行くとて　三つ四つ　二つ三つ　など　飛び急ぐさへ　あわれなり　まいて　雁などのつらねたるが　いと　小さく見ゆるは　いと　をかし　日入り果てて　風の音　虫の音など　はた　言ふべきにあらず」

文史郎は目を閉じ、在所の那須の情景を思った。

鮮やかな残照に茜色に染まる那須岳の嶺嶺。無数の蜻蛉の影が空を舞い、烏の群れが鳴き交わしながら、山に戻っていく。

我が妹如月や娘の弥生は、何をしていることだろうか？

秋風秋雨は無性に人恋しくさせる。

火がついたような赤子の泣き声といっしょに、お福の甲高い声が響きわたる。

「あんたたち、おとなしくしな。母ちゃんのいうことをきかないと、メシ抜きにするよ！」

文史郎は書物を読むのをやめた。

「……赤子の泣き声、お福の叱る声など、はた言うべきにあらず。いとをかし、か」

文史郎は溜め息をつき、書物を閉じた。

いつの間にか、雨音が消え、替わって虫の音がきこえて来た。

雨は上がったらしい。

外に人の気配がし、長屋の前にばたばたと足音がした。油障子戸ががたぴしと軋みながら引き開けられた。

「殿、ただいま戻りました」

爺こと左衛門が番傘をばたばたさせながら、雨滴を払い落とした。

「爺、ご苦労だった」

「いやはやひどい雨でした。おかげで上から袴までびしょ濡れです」

左衛門は台所に入り、桶の水で足を洗い、雑巾で丁寧に拭いた。

左衛門は今朝早くから口入れ屋の権兵衛の店を訪ねていた。穏やかな顔付きから、いい仕事の話を受けて来た様子が窺える。

「殿、いま茶を沸かします。少々、お待ちください」

左衛門は七輪に消し炭や杉の枯葉を入れて、火鉢の灰の中から種火を火箸で摘み上げ、火熾しを始めた。

「権兵衛の話は、いかなものだったのか？」

文史郎は左衛門に訊いた。左衛門は七輪を団扇でばたばたと扇ぎながら答えた。

「人捜しの相談でございました」

「ほう。人捜しのう。で、誰を捜せというのだ？」

七輪から青い煙が立ちはじめた。

左衛門は団扇を扇ぎ、煙に咽せた。

「ごほごほ」

左衛門は煙を団扇で払い、喘ぎ喘ぎいった。

「……それが、ある浪人の子の依頼でしてな」

「子供の依頼だと？」

「七歳ほどの息子が、ある日、口入れ屋の権兵衛のところに駆け込み、涙ながらに、ぜひ、剣客(けんかく)相談人に、お父(とう)を捜していただけないか、と訴えたそうなのです」

「浪人の息子が、われらにのう」

文史郎は不精髭(ぶしょうひげ)が生えた顎(あご)に手をやった。

これは引き受けても金にならぬ仕事だな、と文史郎は覚悟した。

このところ、ろくな仕事がない。物の値段は日に日に上がり、仕事もないとあって、日銭稼ぎでもやらねば、暮らしていけないようになっている。それでも、何もせず、晴耕雨読(せいこううどく)をしているわけにもいかない。

武士は食わねど高楊子(たかようじ)などと、ほざいている余裕もない。

「権兵衛は、はじめ、あまりに息子の身なりがみすぼらしいので、相手にせず、追い返したそうです」

「金にならないと思ったのだな。金のためならなんでもやろうという強欲の権兵衛のことだ。慈善で人助けはしない、というのだろう？」

「そうしたら、息子が店の前で、剣客相談人にお父を捜してもらえないなら、腹をかっぱ裂くと騒ぎ、ほんとうに短刀を抜いて、着物の前を開けて、自分の腹に突き立てようとした」

「ははは。七歳の男子がのう。さすがの権兵衛も参っただろうな。愉快愉快」

「殿、冗談ではないんですよ。その子は真剣そのもので、本気で刃先を脇腹に突き刺したんだそうです」

　文史郎は目を丸くした。

「権兵衛は止めたのだろうな？」

「はい。権兵衛は驚いて、その子を止め、番頭を医者の許に走らせた。それで医者が飛んできて、手当てをした」

「深手か？」

「幸い、たいした傷ではなかったので、命には別状なかったとのこと。権兵衛は、番頭さんや手代たちに、どこの子供なのかを調べさせ、親を呼びに行かせたのです」

「うむ。親は見つかったのか？」

「はい。神田三崎町界隈の長屋に住んでいる浪人夫婦の子だと分かった。いなくなった我が子を探している母親がいるのを番頭の一人が見付け、その母親に知らせた」

「それはよかった」

「はい。番頭といっしょに血相を変えた母親が駆け付け、涙ながらに男の子を叱りつけ、懐剣を取り上げたそうなのです」

「七歳ぐらいの子供は、何をやるか分からないからなあ。親もたいへんだろうな」

「母親は目に涙を溜めて権兵衛に、ご迷惑をおかけしてと平謝りに謝った。そこで、権兵衛はあらためて母親から事情をきいたそうなのです」

「では、母子で権兵衛に相談を持ち掛けたのではなかったのか」

「権兵衛は、母から事情をきいて、気の毒に思ったらしいのです。それで、どうだろうか、と爺に、その母子の亭主を探してやってもらえないだろうか、という話になったのです」

「ほう。あの権兵衛が、その母子の境遇に同情したというのか。勘定高い権兵衛が珍しいこともあるのう」

左衛門は団扇を扇ぐのを止めた。七輪の炭には火がつき、暖かい青白い炎を上げている。

七輪に鉄瓶を載せながら、左衛門はにやっと笑った。

「そうなんです。そこで、権兵衛が厠(かわや)に立ったときに、番頭の小兵衛(こへえ)を呼び出し、事情を訊いたんです」

「それで?」

「小兵衛にいわせれば、傍目から見ても、その母親は絶世の美女だった。それも、楚々として気品がある御女中で、権兵衛は一目で惚れ込んでしまったようなのです」

「惚れ込んだだと？　権兵衛は女房持ちではないか。けしからん。よりによって、人妻にうつつを抜かすとはな」

「殿、ご自分のことを棚に上げて、権兵衛を批判できませんぞ。殿だって在所には愛妻がおられるでしょうが。それなのに……」

「まあまあ、その話はあとにしよう」

文史郎は左衛門の話を手で止めさせた。

「それで、権兵衛は、その相談を引き受けてほしい、というのだな？」

「そうなのです。あまりお金にはならないが、母子の相談に乗ってやってくれないか、と。また店先で子供が切腹騒ぎを起こすようなことになっては迷惑と申してました」

「そうか。もし、子供好きの大門がおったら、大門に任せるところだがのう」

大門甚兵衛は郷里の富山に帰ってから、まだ江戸に戻っていない。

もしかすると、大門は、もう二度と江戸には戻らないかもしれないとも思うことがある。だが、大門の長屋は、主がいつ帰って来てもいいように、そのままにしてある。

「殿、では、明日にでも、権兵衛を訪ね、その母子の相談事をきくことにしましょう。その上で、母子の依頼を引き受けるかどうか決めることにしましょう」

左衛門は急須に番茶を入れながらいった。

鉄瓶の口から白い蒸気がひゅーひゅーと音を立てて吹き出しはじめていた。

三

翌朝、すっかり雨は上がり、秋晴れになっていた。

青空には、箒(ほうき)で掃いたような白い雲の筋が幾重にも並んでいた。

文史郎は起き抜けに、木刀を持ち、長屋の裏手にある井戸端の空き地に出た。

木刀の素振りを始めた。最近、素振りを休んでいたので、躯(からだ)が鈍(なま)っている。

素振りから、組み打ちの形(かた)に移った。心形刀流(しんぎょうとうりゅう)五十七手の形である。

小半刻(こはんとき)ほど、一つひとつの形を無心に演じ続けるうちに、胸から首筋、背中にかけて、びっしょりと汗をかきはじめていた。

最後に、最上段から正面の相手に一気に木刀を振り下ろし、気合いをかけた。

一人稽古を止め、残心(ざんしん)に入る。

それを待っていたかのように「こほん」という人の空咳(からぜき)とともに男の声がきこえた。

「お早ようさんですな」

振り向くと、白髪混じりの頭の老人が井戸端に立っていた。

「ああ、夏目様、お早うございます」

文史郎は木刀を携え、夏目老人にやや腰を折って、挨拶した。

薄茶の羽織袴姿の夏目錦之輔だった。最近、安兵衛店に越してきた老人だ。これから、どこかへ出掛ける様子だった。

「その剣の形、心形刀流でござるな」

夏目老人は低い声で尋ねた。

文史郎はうなずいた。

「さようでござる。夏目様は剣術にもお詳しいのですな」

「若いころ、わたしも一所懸命、剣の修行をいたしたものです。その折に、心形刀流を使う殿から厳しく指南されたのです」

「ほう。では、夏目様は心形刀流なのですかな？」

「いえ。わたしは刀も名も、何もかも捨てて引退した隠居の身。いまや剣とは無縁な世捨て人」

夏目老人は自嘲的に笑い、無刀の腰を叩いた。小袖の襟の間から、書物がはみ出している。

「ところで、文史郎殿、いかがでござったかな？」

夏目老人は懐から顔を出した書物をぽんと手で叩いた。

文史郎は頭を掻いた。

「お借りした『枕草子』でござるな。おもしろうござる。まだ読みはじめもいいところでござるが」

夏目老人はにんまりとした。

「四書五経もいいが、さような書ばかり読んでいては頭が硬くなるばかり。たまには、いにしえの『枕草子』も心洗われていいであろう？　最近の黄表紙も、結構風刺や諧謔が詰まっていて、おもしろうござるぞ」

「さようでござるか。それがしも、書は好きですので、たまには読んでみようかと思っております」

「それはいい。わしも趣味で、いろいろ書物を持っておる。よかったら、またお貸ししよう。わしの長屋に、ぜひ、来られるがいい」

「はあ。お誘いありがとうございます。お言葉に甘えて、暇な折に、ぜひお訪ねします」

「おう。わしは、いつでも暇がある閑人だ。魚釣りもよかろうが、書を漁るのもいいものですぞ。これからも、ちょいと黄表紙屋へ出掛けて、何かおもしろそうな書物はないか、漁って参ろうかと思うておるのだ」

「こんな朝早くからでござるか？」

文史郎はあたりを見回した。周囲では、朝食を終えた職人や大工、左官たちが、ぞろぞろと長屋を出はじめるころだった。

「ははは。年寄りは暇な上に、楽しみのためには、せっかちなところがあってな。神田や浅草、深川なんぞにまで足を伸ばして書を漁るとなると、朝早くに出ないと、夕方までに戻れない。これも楽しみでござってな」

「書漁りでござるか。それは悠長でようござるな」

「ははは。では、御免」

夏目老人は、文史郎に一礼し、踵を返して細小路に戻って行った。

文史郎は夏目老人に頭を下げ、しばらく見送った。

安兵衛店の住人のほとんどは町人で、武家の浪人者は、文史郎、左衛門と大門甚兵衛の三人だけだった。

住人の一人が職場が替わったこともあり、長屋を出て、他所に移って行った。入れ代わりで、入居したのが夏目錦之輔だった。

夏目老人の素性や身分はよく分からない。どこかの藩の要路だったという噂もあるが、身寄りがまったくなく、独り身のご隠居様だということだった。

武家ではあるが、夏目老人は普段も丸腰で、刀を持たず、書ばかり読んで過ごしていた。一度、夏目老人の長屋を覗いたことがあるが、部屋には家具はほとんどなく、代わりに堆く書物が積まれていた。夏目老人は毎日読書三昧の生活をしているかのように思えた。

何で生活の糧を得ているのかはまるで分からない。

入居してから、まだ三カ月ほどしか経っていないが、不思議な住人の一人だった。

「殿、お食事の用意ができましたぞ」

細小路から、左衛門が顔を出し、文史郎を呼んだ。

「おう、いま参る」

文史郎は井戸の桶の水で顔を洗い、手拭いで汗を拭うと、左衛門が呼ぶ長屋へと急いだ。

四

南町奉行所定廻り同心小島啓伍は、十手で首筋をとんとんと叩いた。

昨夜は、ほぼ一睡もしていない。

日本橋の絹織物問屋の豪商菊田屋に何者かが押し込み、蔵が破られたという通報が入ったのは、昨夜遅く子の刻（深夜零時）だった。

八丁堀の自宅に戻り、昼間役所でやりのこした窃盗事件の調書を書き付けているときに、当番与力から緊急非常招集がかかった。

急いで奉行所に駆け付け、寺島与力の指揮の下、小島は捕り手たちを率いて、菊田屋に駆け付けた。だがすでに蔵は抜かれ、盗賊たちは逃げ去ったあとだった。

盗賊たちは、白装束の侍に率いられた黒装束の一団だった。

盗賊団は寝入ったばかりの奉公人たちを全員縛り上げ、店主の夫婦や大番頭を集め、白装束は宣言した。

「我ら月影党は幕府の豪商優先の金権政治を断固糾弾し、貧民救済のため決起した。見せしめのため、絹問屋菊田屋の財産を没収せんとす。大人しく蔵を開けよ。要求通りに蔵を開けねば店に火をかける」

そういって月影党一味は松明に火を点け、店主の菊田屋の鼻先に炎を突き付けた。

店主菊田屋は盗賊たちの脅しに震え上がり、要求に屈して、自らの手で蔵の鍵を開けた。

蔵の中に侵入した盗賊たちは、なぜか金庫の金品には目をくれず、菊田屋が保管していた債権の証書、原簿、台帳などを庭に持ち出し、店主菊田屋の目の前で、松明の火を点けた。

証書や台帳などが激しく燃え上がるのを見ると、白装束は盗賊たちに引き揚げを命じた。

盗賊たちが去ったあと、店主たちは、ようやく自力で縛られていた縄を解き、手代を奉行所に駆け付けさせた。

奉行所の役人たちが駆け付けたときには、焚火は下火になり、店の奉公人たちが呆然として出迎えた。

さっそくに蔵の中を調べたところ、金庫は破られておらず、中にあった千両箱は手付かずだった。

その代わり、これまで、幕府や諸藩の勘定方と取り交わした契約台帳や借金の証書などが、ことごとく持ち出され、焚火に投じられていた。

そうこうしているうちに、奉行所から緊急の伝令が菊田屋に出張っていた与力の寺島の許に転がるように駆け付けた。

ほぼ同じ時刻に、浅草蔵前の札差の豪商信濃屋にも押し込み強盗が入ったというのだ。

与力の寺島の命令で、小島は急遽捕り手の一隊を率いて、浅草蔵前の信濃屋に駆け付けた。こちらも、月影党を名乗る一味が押し込み、蔵を破り、借金の証書や債権証書を持ち出し、火にかけていた。

小島が店主や番頭から事情を聴取している最中、またまた奉行所から伝令が駆け付けた。

本所の豪商卍屋、さらに品川の豪商油屋が盗賊に襲われたという通報だった。

一晩に同時に四軒の豪商が、月影党を名乗る盗賊に襲われたのだ。

卍屋と油屋には、非番の与力や同心が急遽呼び出され、現場に駆け付けたが、奉行所としては、四件の押し込み強盗を調べるだけで手一杯だった。そのため、筆頭与力の大沢は直ちに火付盗賊改めに出動を依頼しようとしていた。

岡っ引きの忠助が、番頭からの事情聴取を終え、小島の傍に戻った。

「小島様、強盗団は、なぜか、ここでも金子(きんす)を盗んでおらず、むしろ台帳や原簿、証書の類(たぐい)を集めて火に焼(く)べています」

「ふうむ。妙だな」

小島は、目の前に座っている信濃屋の主人市兵衛(いちべえ)に向いた。市兵衛は番頭や手代にあれこれと指示をしながらも、虚(うつ)ろな目をしている。

「市兵衛、蔵の中に、金子はあまり置いてなかったのか?」

「いえ。そのようなことはありません。金庫に千両以上は入れてあります」

「だが、盗賊団は金庫の金子には手を触れず、書類を掻き集めて燃やして逃げた。どういうことなのだ?」

「はい。わけが分かりません」

「市兵衛、いったい、どのような証書だったのだ?」

「はい。それは、金子に替えられないような大事な証書ばかりでした」

市兵衛はがっくりと肩を落とした。

「たとえば、どのような?」

「誰にどのくらい貸し付けたのか、という台帳、担保物件として頂いた基本台帳とかです。それらがなければ、どこの藩の誰に、どのくらい貸し付けてあったのか、とかがすべて煙になってしまったのです」

「借りた相手に帳簿があるのではないか？」

「それはあるでしょう。ですが、どこの藩とはいいませんが、そんな金は借りていない、知らぬ存ぜぬといいだしたら、こちらは反証のしようがない。借金は踏み倒され、泣き寝入りすることになりましょう」

「ううむ。なるほどなあ。どこの藩も財政逼迫しておるようだし」

「小島様、こういってはなんですが、お上とて最近はしわいですぞ。勘定方の誰それが、ちょくちょくやって来て、いついつ収穫する米何石を担保にするから、当座の金を頼むとか申し込まれる。こちらとしては、日ごろの大のお得意様ですから、できるだけ勉強するわけですが、その貸し付け台帳がないとなると、踏み倒されかねない」

「そうした金額は、いかほどになると思うか？」

「そうですねえ。ざっと四万両にはなるのではないでしょうかねえ」

市兵衛は溜め息をついた。

「四万両にも？」

小島は忠助親分と顔を見合わせた。

これは金子を奪われるよりも大ごとだ。

月影党は、ただの押し込み強盗団ではなさそうだった。彼らの狙いは、金子ではないのか？　妙な強盗団だ、と小島は考え込んだ。

店に駆け込む人の気配があった。また奉行所からの伝令昌吉だった。昌吉は息急き切って、小島の前に倒れ込んだ。

「小島の旦那」

「どうした？　昌」

「朝になって、もう一件、押し込みにやられたという届けがありました」

「なんだと、今度はどこだい？」

「深川の船問屋の高見屋が襲われたそうなのです」

船宿の高見屋は幕府御用船を仕立てる大手の船問屋として、最近めきめきと伸し上がって来た。いろいろと噂がある船問屋だ。

月影党の狙いは、豪商だけでなく、船問屋までも入っているというのか。

「小島様、奉行所にすぐにお戻りくださいますように。御奉行様が全与力同心を招集なさいました」

「さようか」

小島は忠助親分を呼んだ。忠助親分は事情聴取をやめ、急いで小島の許に駆け付けた。

「親分、ここは、おまえに任せた。調べが終わったら、番所に上がってくれ」

小島は忠助親分に命じ、引き揚げる支度を始めた。

五

奉行所の大広間は、筆頭与力の大沢（おおさわ）をはじめ、寺島など与力、同僚の同心たち二十数人が集まり、鳩首（きゅうしゅ）会議をしていた。

小島が空いている末席に座り、ようやく全員が揃った。筆頭与力の大沢が大声でいった。

「静まれ。間もなくお奉行様がお見えになられる」

「お奉行様のお成りい」

前触れの小姓が正面に現れ、奉行の到着を告げた。

供侍を従えた南町奉行遠山近衛門（とおやまきんえもん）が大股で現れた。

与力、同心たちは一斉に平伏して奉行を迎えた。

遠山近衛門は、床の間を背にした上座に静かに座った。近くに供侍たちが座る。

筆頭与力の大沢が遠山近衛門に挨拶をしようと進み出た。

「大沢、無用な挨拶は抜きだ。ただちに事案の詮議に入れ」

「ははあ」

大沢は額の汗を拭い、与力、同心たちを見回して詮議の開始を告げた。

「まずは、何があったのか、報告をきこう」

奉行の遠山は、大沢に報告を促した。

「昨夜遅くから早朝にかけて、都合五カ所において、押し込み強盗事案が発生いたしました。……」

大沢は奉行につらつらと五件の事件の概要を話しはじめた。

小島は腕組をし、大沢の報告に耳を傾けた。

第一の現場は、日本橋の織物問屋菊田屋。与力寺島が捜査を担当した。

第二の現場、浅草の札差信濃屋。これは同心の小島啓伍が担当した。

第三の現場、本所の蔵元卍屋。与力黒川と同心松下が担当。

第四の現場、品川界隈の豪商油屋。与力鍬形と同心河上が担当。

第五の現場、深川の船問屋高見屋。隠密同心近藤が担当。

「いずれの事案においても、押し込み強盗は、月影党を名乗っております。彼らは幕府の施策を金権政治、豪商の利権擁護をする金権腐敗の政治だと非難し、貧民救済のため、世直しをすると宣言しておりました」

「月影党と申す輩の正体はいったい何だ？」

「まだ、分かりません。ただ、いずれの事案においても、白装束姿の武家が頭となって、一味を率いていると見られ、その数は十数人ずつ。同時多発しておりますので、月影党一味は、総勢六十人にも上るのではなかろうか、と推察されます」

与力同心たちは騒めいた。

「その者たちが五組に分かれ、江戸市中各地で一斉に事を起こすとは、並大抵の力量の盗賊団ではありません」

大沢はいったん言葉を切り、広間に集まった与力同心たちを見回した。

「月影党は単に金品を狙うにあらず、借金の貸し付け台帳やら債権証書などを強奪し、焼却するということをしている。これは何を意味しているのか？　いわば徳政令を強制し、断行していると申せましょう」

与力同心たちは互いに顔を見合わせた。

「これから調べてみねばならないが、おそらく、彼ら豪商たちから借金を重ねている旗本御家人、幕府勘定方だけでなく、財政逼迫した諸藩の勘定方も、これにより借金の証書がなくなり、ほっとしているのではなかろうか、と思われます」

騒めきが広がった。

「だから、月影党一味は、借金で困窮した武家たちが、借金帳消しを狙った所業かもしれません。あるいは、どこかの藩の者たちが、藩の借金を消すためにやっているやもしれない。それは、これからの調べで分かることだろう、と思われます」

大沢は奉行に向き直った。

「いずれにせよ、このまま放置しておいては、我ら江戸の治安を預かる奉行所の名折れ。しかし、武家の集まりと見られる月影党は手強いと思われます。ついては火付盗賊改めに通報し、彼らの力も借りようとしております」

「なに、火付盗賊改めとな。すでに通報したのか？」

奉行の遠山近衛門は顔をしかめた。

「はいっ。まずかったでしょうか。いまからでも取り消すことはできますが」

「いったん、火付盗賊改めが出ると、我らをないがしろにして動くからな。いまのところは、我ら町方奉行所が取り仕切ることができるとし、万が一にも火付けや死人が大勢出るような重大事態になりそうになったら、すぐにでも出動をお願いしたい、と申し上げてくれ」

「は、分かりました。では、至急にそれがしが火付盗賊改めに参り、出動要請を取り消そうと思います」

「うむ。そうしてくれ。わしの奉行としても面子もあるのでな」

「申し訳ございません。そうした事情をわきまえず、それがし、出すぎた真似をいたしました」

　大沢は奉行に平謝りに謝った。

「大沢、そんなことよりも、月影党対策だ。まず、月影党の正体を探れ。そして、月影党が狙いそうな豪商に警告を出し、次の押し込みに備えて、対策を練れ」

「はい。仰せの通りにいたします」

「うむ。頼むぞ」

　大沢は広間の与力同心たちに顔を向けた。

「皆の衆、御奉行の仰せの通りだ。これより、組頭ごとに集まり、知恵を絞って、月影党の正体を探る手立てを考えよ」

　大沢の指示で与力同心たちは、一斉に、それぞれ組ごとに集まり、相談を始めた。

　小島啓伍は、与力寺島の組に膝を進めた。同心の竹内、桐野、橋本が顔を列ねていた。

寺島はじろりと小島をはじめとする同心たちを見回した。

「いいか。なんとしても月影党の正体を摑め。ほかの組に絶対に負けるな。月影党をふんじばるためなら手段を選ぶな。いいな」

寺島はほかの与力の組にちらりと目をやりながら声をひそめていった。

六

呉服店清藤の母屋の客間は、表の店の賑わいはきこえず、静寂に包まれていた。

掃き出し窓から、よく手入れされた庭が見える。

築山の楓や楢はやや色付いている。小さな池では、時折、緋鯉が水面に口を出し、波紋を作っていた。

文史郎はお茶を啜り、宙を飛ぶ蜻蛉に目をやった。

「権兵衛は、よほどその御新造が気に入ったようですな」

左衛門が茶を飲みながら文史郎に囁いた。

文史郎は頭を傾げた。

「ううむ。あの強欲の権兵衛が、なぜに入れ揚げておるのかのう?」

「分かりません。時に人は変わるものかもしれませんが」

廊下に衣擦れの気配と足音がした。ばたばたと走る子供の足音も起こった。

「お待たせいたしました」

襖が開き、権兵衛が座敷に入って来た。

「……失礼いたします」

島田髷を結った御女中が開いた襖の陰で三指（みつゆび）をつき、深々とお辞儀をした。

御女中の隣にちょこんと七歳ほどの男の子が座り、頭を下げている。男の子の身形（みなり）はみすぼらしいが、決して襤褸（ぼろ）を着ているわけではない。

御女中は、確かに美形だった。

肌が透き通るように白く美しい。

楚々として立ち居振る舞いに気品がある。女の着物は、町家のお内儀がよく着る木綿の地味な小袖だったが、それがかえって、女のふくよかな美しさを引き立てていた。

文史郎は思わず、女のしとやかな美しさに見とれた。左衛門が脇で文史郎の膝を突つくまで、その女の立ち居振る舞いを凝視していた。

御女中は権兵衛に促され、客間に入り、文史郎の前に座った。男の子も母親の隣に正座し、母親似の大きな瞳で文史郎をきっと睨んでいた。

御女中は、絹と名乗った。男の子は、一言も口をきかなかった。母の御女中がにこやかに笑い、この子は英丸と申します、といった。

権兵衛は、簡単に、絹と英丸の紹介をした。

「お絹様は、下越は村上藩の要路村尾様のご息女にございます。お絹様は同藩の剣士伊能竜勝殿に嫁がれ、一男をもうけました。その御子が英丸様にございます」

文史郎はお絹に向き直った。挨拶抜きで、単刀直入に尋ねた。

「どういう事情ですかな。脱藩されたとおききしたが」

「はい。実はここでは申し上げにくい事情がありまして、夫伊能竜勝は国許にいられないことになったのです」

お絹は申し上げにくいといいながら、ちらりと息子の英丸に目をやった。

おそらく英丸にはきかせたくない事情なのだろう、と文史郎は悟った。

「脱藩なさったのは、いつのことでござった？」

「いまから三年前にございます」

「そして、江戸に参られた？」

「はい。親子三人で仲良く幸せに暮らしておりました」

権兵衛が口を挟んだ。

「お絹様たちは、殿が住んでおられる安兵衛店から、あまり遠くない益衛門店にお住まいです」

お絹は静かにうなずいた。英丸は口を尖らせ、文史郎をじっと睨んでいた。

文史郎は英丸を無視して、お絹に尋ねた。

「ご主人は、いつ出奔されたのですか？」

「つい三月ほど前のことにございます」

三月前といえば、夏のはじめだ。

「ご主人は、あなたに何も告げず、突然家出なさったのですか？」

「書き置きはありました」

「なんという書き置きでした？」

お絹は着物の胸の中から一通の書状を抜き出し、そっと文史郎に差し出した。

手紙を受け取った。かすかにお絹の体から芳しい香が流れてくるのに気付いた。

「拝読いたす」

書状を拡げ、書面に目を落とした。達筆の墨で書かれていた。

『しばしの間、出奔し候こと、留守をよろしうお頼み申し候云々……』

文史郎はちらりとお絹に目をやった。こんな美しい女を置いて出奔するとは、いかがな理由があるのか？

あとの文は、必ず帰るので、英丸のことを頼むとあり、くれぐれもあとを追わず、捜さぬこと、とあった。

手紙はあとにいくほどに、筆の乱れがあった。

「これは、ご主人の筆跡でござるか？」

「はい。確かに旦那様の筆にございます」

「やや乱れておるが、誰かに急かされ、慌てて書いたようにも見える」

「…………」

「ご主人の出奔に気付いたのは？」

「昼間、この子を連れて、お使いに出掛け、用事を済ませて長屋に帰ったら、この書き置きがあったのです」

「行方は探さなかった？」

「はい。旦那様が、その手紙にあるように、くれぐれも探すなと」

「それを守って留守番をなさっていたのですな？」

「はい」

「ご主人が脱藩なさったあと、どうやって暮らしを立てておられたのかな？」

「……私が」

お絹は目を伏せた。

「働いておられた？」

「はい」

「失礼だが、何をなさっておられたのか？」

「水茶屋の仲居(なかい)を」

「そうでござったか。御新造のようにお美しい方なら、仲居として引く手数多(あまた)だろうからのう」

お絹は恥じらうようにうつむいた。

「お殿様」

権兵衛が急いで取り成すようにいった。

「水茶屋といいましても、上野浅草界隈で一番の格式が高い茶屋『難波屋(なんばや)』でございます。お絹様は、いわば、看板娘の仲居さん」

「そんなことはありません。私はただの店のお手伝い。お綺麗な仲居さんがほかにたくさんいらっしゃいます」

お絹は顔を赤らめ、慌てていった。

権兵衛は顔を振った。

「いや、そんなことありません。お絹様は武家娘であることを隠して仲居さんをお勤めになっておられる。お店にあまり出ずに、中でお茶を点てたり、洗いものをなさっておられる。そのお姿が奥床しいと常連客の間で評判になり、『難波屋』の看板仲居となっておられるのです」

文史郎は左衛門と顔を見合わせた。

どうやら権兵衛は難波屋の常連客の一人のようだった。

「ご主人は何かお仕事をなさっておられたのか？」

「いえ。働きたくても、なかなか働き口がなくて」

お絹は悲しそうに顔を伏せた。権兵衛が付け加えた。

「私も口入れ屋として、いろいろお仕事を紹介したのですが、お武家様の誇り高い伊能竜勝様に合う働き口がなくて」

「そうだろうなあ。我ら相談人の仕事も、なかなかないのだからのう」

文史郎は伊能竜勝に同情した。

左衛門が横から口を挟んだ。

「ご主人は藩にいたときは、どのようなお役目でござったのか？」

「物頭(ものがしら)にございました」

お絹は顔を上げた。亭主に誇りを持っている顔だ。左衛門が訊いた。

「物頭と申されると武芸にも秀(ひい)でておられた？」

「はい。旦那様は、藩道場では時に師範代を任されるほどでした。御前試合では、常に一、二を争っておられました」

「剣の流派は？」

「新陰流(しんかげりゅう)にございます」

「そうか、柳生(やぎゅう)新陰流でござったか」

突然に英丸が口を開いた。

「父上は免許皆伝です」

英丸は小さな胸を張った。

文史郎は英丸を見た。

「さようか。それは凄い。さぞ強い剣士なのだろうな」

「はい。父上が負けるのを見たことがありませぬ」

英丸は大きな瞳で文史郎を見上げた。目がいまにも泣きそうに潤んでいた。

文史郎はお絹に訊いた。

「お絹殿、お尋ねしたい。ご主人のいいつけ通りにこれまで探さないでいたのに、なぜに、突然、我々相談人に探してほしいと言い出したのでござるか？」

「はい。実は数日前、突然長屋にお金が届けられたのです」

「お金が？」

「それも二十両もの大金が」

「二十両も？」

「はい」

「置き手紙は？」

「今度はなかったのです。どうしようか、と悩んでいたら、この子が……」

権兵衛があとを引き取った。

「この英丸が店にやって来て、剣客相談人にお願いがあると。まさか、お絹様のお子さんとは思わず、あまり相手にしていなかったら、店の前で切腹すると言い出して……こんなことになった次第です」

「まったく、この英丸は、父親譲りで、私のいうこともきかず、独断専行なのです。剣客相談人に主人を捜してもらおうと言い出し、私が止めるのも振り切り、勝手に権兵衛様の店に押し掛けてしまった」

　お絹は溜め息まじりにいった。

「私が駆け付けたときには、英丸は腹に短刀を突き立てていて、止めようがなかった。権兵衛様には、たいへん申し訳ございません」

「いやいや、私が子供と侮って、ちゃんと対応しなかったのが間違いでした。こちらこそ、英丸様とお絹様に申し訳ない、と謝ります」

　権兵衛は英丸とお絹に頭を下げた。

　英丸は大人びた顔でお絹と権兵衛に手をついて謝った。

「御免なさい。権兵衛様、母上様、英丸が早まったことをして申し訳ありません」

「ううむ。英丸、偉いな」

　文史郎は英丸が素直に謝ったことを誉めた。

　英丸の顔がぱっと明るくなった。

「では、相談人様、父上を捜していただけますか？」

「お願いいたします」

　お絹も英丸といっしょに手をついて頭を下げた。

「心配なのです。もしや、旦那様の身に何かあったのか？　それとも、主人が私たちのために悪いことに手を染めてはいないか、と。長屋に置いてあった二十両は悪いことをして得たお金ではないか、などなど、心配で気が気ではないのです。どうか、主人を捜していただき、もし、主人が私たちのために悪い道に進んでいたら、止めていただきたいのです。お願いいたします。剣客相談人様、ぜひに」

文史郎は腕組をして、左衛門に顔を向けた。

「……爺、いかがに思う？」

「殿のお心はすでにお決まりのことでしょう？　お引き受けなさる方向で」

左衛門は渋い顔でいった。

「ただ、殿、我らとて相談事に乗るのは、商売でもあります」

お絹が顔を上げた。真剣な面持ちだった。

「相談人様、そのお金として、先の二十両を差し上げます。少ないかもしれませんが、それで捜していただければ。この英丸のためにも、私たち夫婦のためにも、お願いいたします」

「殿、差し出がましいかもしれませんが、私め権兵衛が費用や謝礼を用意いたします。どうか、お絹様、英丸様のために、お引き受けくださいますよう、お願いいたします」

権兵衛も両手をつき、深々と頭を下げた。

文史郎は左衛門と顔を見合わせた。

「分かりました。お絹様、英丸、お父上の捜索、お引き受けいたそう。いいな、爺」

「はい。殿が、そういう御意向でありましたなら、爺は反対はいたしませぬ」

左衛門は醒めた顔で文史郎に同意した。

「捜すにあたって、いま少し事情をききたい。話しにくいこともあろうが、伊能竜勝殿を捜す上で、どうしても、必要なのでな」

「分かりました」

お絹はちらりと英丸に目をやった。

「英丸、これからは、大人の話です。席を外しなさい」

「しかし、母上」

文史郎が手で英丸を制した。

「英丸、母上のいうことがきけぬようでは、それがしが許さぬぞ。お父上がいない間、それがしがお父上の代わりになる。いいな」

「は、はい。相談人様」

英丸は渋々うなずいた。

権兵衛が大声で番頭を呼んだ。

返事があり、番頭が現れた。

「番頭さん、ちょっと英丸様をお連れし、広場の大道芸でも見てきてくれ」

「へい。分かりやした。さ、英丸様、行きましょう」

英丸は番頭といっしょに部屋を出て行った。

二人の足音が店の表の方に消え去ったところで、文史郎がおもむろにお絹に尋ねた。

「さきほどの、英丸の前では話しにくかったことをおききしたい」

「はい。正直に申し上げます。なんなりとお尋ねくださいませ」

お絹は着物の裾を膝の下にきちんと入れなおし、文史郎に向き直った。

凛(りん)としたお絹の態度に、武家の女としての気位を感じさせる。

「伊能竜勝殿とお絹殿が、なぜ、藩に居られなくなったのか、その訳を話してほしい」

「正直に申し上げますが、ぜひ、内密にお願いいたします」

「もちろんです。依頼人の秘密を洩らすようなことは、神に誓っていたしません」

「それがしも、誓って」

左衛門もうなずいた。

「実は、あの英丸は伊能竜勝の子ではありません」

「…………」

文史郎は左衛門と顔を見合わせた。

「だからといって、不義の子というわけではありません」

「では、いったい、誰の子なのか？」

「藩主内藤信和様の世子でございます」

「何か訳がありそうだな」

「はい。私の父村尾勝頼は中老として藩主内藤様に仕えておりました。伊能竜勝様は、幼いころからの幼馴染みで、親が決めた許婚でございます。ところが、ある日、父から城に上がるように命じられました」

「ふうむ」

「殿が花見の会で私を見初め、奥に召し上げようとしたのです」

「だいたいが、殿様というのは、勝手ですからなあ。他人の女子でもすぐに欲しがる」

左衛門がじろりと文史郎に目をやった。文史郎は無視して話を促した。

「嫌々でしたが、父上様の命令とあって、奥へ上がり、中臈としてお殿様にお仕えしたのです。そこで、……」

お絹は言い辛そうに目を伏せた。

左衛門が脇から助け船を出した。

「殿のお手がついたのであろう？」

「さようにございます」

「そして、身籠もった」

「はい」

「それで、お絹殿は城から下がった。病気か何かを口実にして」

「はい」

「殿は身籠もったこと存じていたのか？」

「いえ。申し上げていません」

「それで村尾家に戻り、一人子供を産んで育てようとなさった」

「はい」

文史郎が左衛門と代わって尋ねた。

「伊能竜勝殿は、その事情を知っておるのだな」

「はい。私は婚約を解消していただくよう父上と伊能竜勝様にお願いいたしました。父上は了承してくれたのですが、伊能竜勝様が反対なさいました」

「ほう。伊能竜勝殿は何と申されたのだ？」

「お腹の子は産まれたら、己の子として育てるから、夫婦になって、二人で育てようとおっしゃってくださいました」

「ききにくいことをお尋ねするが、ほんとうに殿の子なのか？」

「と、申されますと？」

お絹は怪訝な顔をした。文史郎はあえて訊いた。

「つまり、殿のお手がつく前に伊能竜勝殿との間に……」

「それはありません」

お絹はきっぱりといった。

「失礼なことをお訊きした。お詫びする」

「いえ。母上からも同様なことをきかれました。誰の子かは、女でなければ分からぬこと。だから、私には分かります」

「話を戻そう。どうして藩に居られなくなったのか、だが」

「城から下がると、伊能竜勝様がすぐにと婚礼を急がれて、私たちは夫婦になりました。身籠もって間もなくということで、主人は殿の子ではなく、己の子であるとしたかったのでございます」

「うむ、なるほど」

「英丸が産まれ、しばらくは平穏な日々が続きました。ところが、内藤信和様が重いご病気にかかられ、家督相続問題が起こったのです」

「よくあるお世継ぎ問題だな」

「内藤信和様には、正妻と側室がおられたのですが、正妻の鶴の方には娘しかおらず、側室のお美世の方が嫡子をお産みになられておりました。ですから、当然のこと、お美世の方の御子である嘉丸様がお世継ぎになると思われていました」

「それで？」

「ところが、嘉丸様はまだ幼く、しかも病弱。お世継ぎとして大丈夫かという声が上がりました。藩内に正室の鶴の方を支持する筆頭家老と、側室のお美世の方の嘉丸様を支持する城代家老の争いが始まったのです」

「うむ。ありそうな話だ」

「折りも折り、嘉丸様が幼くして急逝なさったのです。そこで、城代家老たちが、正室派の筆頭家老たちに、隠し子として英丸がいると言い出し、中老の父上に英丸を出すように圧力をかけたのです」

「お父上は、城代派だったのか、それとも筆頭家老派だったのか？」

「父は、どちらの派とも距離を置いておりました。そのため、派閥抗争に巻き込まれてしまったのです。主人は悩み、英丸は我が子だといって、城代派の誘いをはねつけたのです」

「うむ。それで城代たちはあきらめたのか？」

「城代家老派の方々は、あきらめました。ところが、筆頭家老派は、私たちに刺客を放ったのです。主人や私、英丸もろとも亡き者にしようと襲ってきた。主人は必死に刺客たちの刃を躱し、斬り抜けたのです」

「なるほど」

「このままでは、在所に居られないとなり、親子三人で脱藩して江戸へ逃れたのです」

「そういうことだったか。では、英丸は、その事情をまったく知らないというわけだな」

「はい。知らないと思います。主人も私も、昔もいまも、二人の間の子として育てています。誰がなんと申されても、私たちの子です。手放すことはありません」

「事情は分かった。それがしも、爺も、いまの話、そっと胸に秘めておきましょう」

「お願いいたします」

「権兵衛も、他言無用のこと、大丈夫だな」

「殿、もちろんのことにございます」

権兵衛も大きくうなずいた。

「では、お絹殿、ご主人が出奔するにあたり、思い当たることは何かござらぬか？」

「…………」

「たとえば、誰かご主人を訪ねて来たりとかはなかったか？」

「私が働きに出ている間のことですと、分かりません。英丸が存じておるかもしれませんが」

「うむ。英丸には、別にきいてみよう。ほかに、ご主人が最近、どこかに出入りしているとか、何かに興味を覚えていることがあるとか、日ごろの態度に変化はなかったですかな？」

「……そういえば」

お絹は考え込み、眉をひそめた。

「何か気付いたことがありそうですな？」

「……剣の修行がしたい、と申されておりました。酒が入ると、決まって、このままでは、己の剣が死ぬと。いつまでも、絹にだけ働かせておくわけにいかない、と嘆いていました」

「そのとき、おぬし、なんと慰めたのだ？」

「いつか、きっとあなたの剣を活かす時が来ますと。それまで、じっと雌伏を忍んでくださいと、お願いしていました」

文史郎は、お絹の顔を見て感心した。

いい女子だ。こんな健気な女を妻にすれば、どんな男も身を粉にして、妻や子のために奮起するだろう。

「何か思い出せませんか？　いまから思うと変だというようなことはなかったか？」

「そういえば、ひとつ気になることがありました」

「なんです？」

「両国橋の広場で人助けをしたようなことをいっていました」

「人助け？」

「はい。荒くれ者に囲まれ、難癖をつけられていた御老人をお助けしたとか。でも、それだけですけど」

「いつのことです？」

「出奔するずっと前のことでしたから、いまから四カ月か五カ月近く前のことです」

「その御老体の名前や素性については何かいっていましたか？」

「いえ。何も。名前も、どこの家中のお方かも分かりません」

左衛門が乗り出した。

「ご主人の友人や知人で江戸にお住まいの方は御存知ですか？」

「いえ。脱藩の身なので、友人知人にはいっさい縁を切っていました。誰ともお付き合いはありませんでした」

「ううむ」

文史郎は唸り、左衛門と顔を見合わせた。

相談を引き受けたものの、手がかりのなさに、どこから調べたらいいのか、考え込んだ。

七

文史郎と左衛門は清藤からの帰り、大瀧(おおたき)道場に立ち寄った。

鎧窓(よろいまど)から、稽古に励む門弟たちの気合いや床を踏む音、袋竹刀(ふくろしない)を打ち合う音が響いてくる。あいかわらず、道場は繁盛している様子だった。

玄関から式台に上がると、休んでいた門弟たちが立ち上がり、文史郎と左衛門を迎えた。

「先生、いらっしゃいませ」

文史郎と左衛門は、道場の剣術顧問となっている。

「おう、みんな、元気にやっておるな」

門弟たちは、文史郎と左衛門を囲んだ。

「先生、稽古をつけてください。お願いします」「お願いします」

「おう。待て。いまはだめだ。あとでな」

文史郎は道場で稽古をしている門弟たちを見回した。

見所（けんぞ）の近くで、弥生（やよい）が高弟相手に激しく打ち込みの稽古をしていた。

師範代の武田広之進（たけだひろのしん）が座り、稽古の様子を見分している。武田は文史郎と左衛門を見ると、座ったまま、頭を下げた。

「うむ」

文史郎は武田に会釈を返し、見所の上にある神棚に一礼した。

それから、稽古の邪魔にならぬよう道場の端を歩いて正面の見所に回り込んだ。左衛門が続いた。

「待て。ここまで」

弥生の鋭い声が飛んだ。弥生は稽古相手の高井真彦を止め、見所の武田に向いた。

「師範代、あとを頼みます」

「はっ」

武田は文史郎たちに一礼すると、面を被り、見所から下りた。

「いらっしゃい。文史郎様」

弥生が見所に上がり、文史郎の隣に正座すると、面を脱いだ。

弥生の上気した顔が現れた。頭に被せた手拭いを外し、額や喉元の汗を拭う。

ほんのりと汗や若い女の匂いがする。

ひっつめに後ろに回した髪が乱れ、額に何本かが貼り付いていた。

あいもかわらず、稽古着姿の弥生は若くて初々しい。先に見たお絹に決して引けを取らぬ女の艶がある。

「文史郎様、どうしたのです？　そんなにじろじろとお見つめになられて。それがしの顔に何か付いていますか？」

弥生ははにかんだ。手拭いでうなじを拭った。稽古着の襟元を緩め、熱気を逃す。

「いや、なんでもない」

弥生は、わざわざ、己のことを、それがしと呼び、あまり女言葉を使わない。それが、かえって文史郎には弥生に女を意識させ、好ましく感じるのだった。

「いったい、突然に御出でになって、何ごとですか？」

「ちと相談事があってな」

「まあ。珍しい。相談事に、それがしをはじめから加えていただけるなんて」

「うむ。大門がいないいま、弥生は貴重な相談人だ」

「まあ。大門様がいたら、それがしは貴重な相談人ではない、というのですか？」

「とんでもない。大門は大門。おぬしはおぬしだ。弥生を軽んじたことはない。おぬしは、はじめから大事な相談人だ。へそを曲げるな」

「分かりました。ちょっと嫌味をいっただけですよ」

弥生は笑窪を見せて笑った。

「ちょっと汗をかきましたので、着替えて参ります。少々お待ちください」

弥生は立ち上がり、そそくさと奥へ引き揚げて行った。

入れ替わるように、稽古をやめた高弟の藤原鉄之介と北村左仲が竹刀を携え、見所の前に座り、文史郎と左衛門に挨拶をした。

藤原鉄之介と北村左仲は、いま師範代と組太刀の稽古をしている高井真彦と並び、大瀧道場の「四天王」と呼ばれる高弟だ。いずれも、貧乏旗本、御家人の部屋住みである。

藤原、北村、高井の三人では「三天王」で、数が一人欠けているのだが、もう一人いた高弟がわけあって破門されたため、いまは新たな高弟が出て来るまで、そのまま四天王と呼ばれていた。

「お殿様、ひょっとして、あのことで御出でになられたのでござるか」

「それがしたちも、ぜひに加えてください」

「なんのことだ？」

文史郎は話が分からず、左衛門と顔を見合わせた。

「そこは稽古の邪魔だ。見所に上がれ」

文史郎は二人に見所に上がって座るように促した。見所は半尺ほど床が高くなっている。

「はっ」

二人は見所に上がり膝行して、文史郎と左衛門の前に座った。

二人とも稽古をやめたばかりで、全身から湯気が立っている。体臭や汗の臭いをぷんぷんと立てている。

文史郎は鼻を手で押さえ、顔をしかめた。

男と女では、どうして、こうも匂いが違うのだ？

左衛門も軀を二人から離して座っている。

二人は構わず、手拭いでしきりに胸元や首のまわりの汗を拭っていた。

「なんだ、あのことと申すは？」

「月影党の押し込み強盗事件ですよ」

「昨夜から今朝にかけ、江戸市中で五件も押し込み強盗があって、大騒ぎになっているんですよ」

「なんだ、それは？　爺はきいておるか？」

「いや。何もきいておりませんな」

左衛門は首を傾げた。

藤原と北村は目配せし合った。北村が自分の荷物を置いた場所に急ぎ、一枚の紙を手に見所に駆け戻った。

「これですよ」

瓦版「読売」だった。そこに、おどろおどろしい筆で、『月影党一味、大江戸大騒乱。同日同夜、五店の豪商を連続して襲い、一家奉公人たち全員を縛り上げ、蔵を破って多額の金品を強奪』とあった。

「さっき広場で売りに出されたばかりの瓦版です」

「こんなことが、昨夜五件もあったというのか？　知らなかったな」

二人は顔を見合わせた。

「なんだ、相談人の殿様たちは、てっきりこの話の相談を受け、こちらに御出でになられたとばかり思ったのに」

「がっかりだなあ」

藤原と北村は肩を落とした。

「お待たせしました」

奥から普段の着物姿になった弥生が現れた。

「あら、鉄之介、左仲、そこで何をしているの？」

「は、はい」

藤原と北村は慌てて下がろうとした。

「どちらか、台所に行って、お清さんにお茶の用意をするようにいって」

「はい、ただいま」

二人は競うように奥の廊下へ走り去った。

弥生は薄化粧をしたらしく、ほんのりと芳しい白粉の匂いを軀にまとっていた。

弥生はあらためて文史郎の前に正座した。

「お話というのは、なんでしょうか？」

「いま権兵衛のところで、人捜しの相談を引き受けて参った」

師範代武田の一際大きな気合いが道場内に響き渡る。続いて竹刀を激しく打ち合う音、床を踏みならす音が連続した。

「文史郎様、ここではなんですから、奥の座敷でご相談しましょう」

「うむ。そうしよう」

文史郎は左衛門を促し、席を立った。

弥生に付いて、文史郎と左衛門は奥への廊下を進み、客間でもある座敷に入った。

床の間の前に文史郎は座り、向かい合って弥生と左衛門が座った。

ここからなら、道場の喧騒も壁越しとなり、だいぶ和らいできこえる。

「その人捜しというのは、どのような」

弥生は好奇の眼差しを文史郎に向けた。

文史郎は、権兵衛のところで会った伊能竜勝の御新造お絹と息子の英丸の相談の詳細を縷々話してきかせた。

「お絹殿には他言無用という約束できいたことだが、弥生も相談人の一人として話をした。当然のこと、いま話したことすべて他言無用だ、いいな」

「はい。相談人として当然のことにございます」

弥生はしっかりとうなずいた。

廊下に足音がきこえた。襖が開き、お清が顔を出した。

「弥生様、お茶のご用意ができました」

「ありがとう。文史郎様と左衛門様に差し上げて」

「はい」

お清は静々と座敷に入り、お盆に載せた湯呑み茶碗を、文史郎と左衛門、弥生の前に置いて、また静かに出て行った。

玉露（ぎょくろ）のいい香があたりに漂いはじめた。

文史郎は熱い茶を啜りながら、左衛門に向いた。

「いったい、どこから、調べを始めたものか。爺は、いかがに思う？」

「さしあたっては、玉吉（たまきち）に村上藩邸の中間（ちゅうげん）小者をあたらせ、伊能竜勝殿とお絹殿の評判、噂、藩内での二人の立場、二人と親しい人物、さらにお世継ぎについての藩内の内情を探らせるのがいいのではなかろうか、と思いますな」

「ううむ。また玉吉に頼むか」

玉吉は、かつて信濃松平家の中間だった。忍びの心得があり、いまは江戸市内の川や掘割を行き交う舟の船頭をしている。裏では、いまも密かに兄の大目付松平義睦の細作として動いているらしい。

文史郎が那須川藩に婿養子に入る前、信濃松平家の部屋住みだったころから、玉吉にはいろいろ世話になっていた。いまも、そのときのつながりが続いているのだ。

玉吉を使えば、兄者の松平義睦にすべては筒抜けになる。それを覚悟せねばならない。

「ほかに、村上藩邸の内情を探る手立てがありません」

「よし。玉吉を呼び出して、伊能竜勝の周辺を洗ってもらってくれ」

「さっそくに玉吉を呼び出し、因果を含めて調べてもらいましょう」

「うむ。頼む。弥生、おぬしは、どこに目をつけて調べたい？」

弥生は瞑っていた目を開いた。

「それがしは二十両の出所が気になります」

「と、申すと？」

「伊能竜勝殿が、何かの仕事を行なった報酬なのか、それとも、何か仕事をするための支度金なのか？」

「なるほど。で、どう思う？」

「いまどき、二十両が即入る仕事など、そう簡単にはありません。ということは、危ない仕事、それも人を殺めるとか、後ろに手が回るような仕事ではないか、と」

「もしかして、押し込み強盗とかか？」

文史郎は藤原から見せてもらった瓦版を弥生の前に置いた。

弥生は瓦版にちらりと目を走らせた。

「このような悪事に手を染めているかもしれません」

「弥生は、この押し込みについて存じおったか？」

「文史郎様たちが御出でになられる前に、鉄之介からききました。もしかして、それがしたち相談人にも、この件についての依頼があるのではないか、と推察していたところでした」

「そうか。それであの二人がわしらを見て、さっそくにやって来たわけか」

文史郎は左衛門と顔を見合わせて笑った。

弥生も笑った。

「それがしも、きっと文史郎様と左衛門様が、どこかの豪商の用心棒を依頼されたのしろそうではありませぬか」

「だが、この押し込みには、伊能竜勝は関わっていないのではないか？　これらの事件が起こる以前に、お絹たちのところに二十両が届いておったのだからな」

「しかし、事を起こすための支度金ということだったら？」

　左衛門が弥生に同調した。

「うむ。殿、あり得ることですぞ」

「そうか。前金のう」

　文史郎は腕組をした。

　弥生が続けた。

「お絹殿には気の毒ですが、二十両は清い金ではないように思います。訳ありだから、伊能竜勝殿は、なんの置き手紙もしなかった」

「なるほどのう。理に適っているな」

「出奔して三月ほど、ということでしたね。もしや、伊能竜勝殿は、この月影党一味に入ったのではないか、と。そして、昨日から今朝にかけて、ついに仲間といっしょに事を起こしたのではないか、と」

「その根拠はなんだ？」

弥生はにこっと笑った。

「女の勘です。第六感です」

文史郎は左衛門と顔を見合わせた。

女子の直感ほど恐ろしいものはない。

弥生は笑いながらいった。

「とは申せ、いろいろお話を組み合せての推理です。きっとお絹殿も、女の勘を働かせ、同じようなことを思い、悩んでいることでしょう。文史郎様は、そこを分かって上げねば」

「さようか。そうだのう」

「我らの調べで、伊能竜勝殿は悪いことに手を染めていないと分かれば、それでほっと胸を撫で下ろすことができる。お絹殿は真実と向き合うのが恐いのです」

「ううむ。お絹殿は、月影党の一件を、すでに存じておって、権兵衛に相談を持ち掛けたのであろうか？　英丸まで使って」

「文史郎様や左衛門様にはいわなかったと思いますが、伊能竜勝殿が何か、よからぬことを起こすと予感したのではないか、と思います。何か、その兆候があった、とそれがしは見ています。同じ女として、分かります。愛する夫がどういう状態にいるのか、うすうすでも感じ取っているのではないか、と」

「さようか」

文史郎は、弥生の女の勘の鋭さに異論を挟めなかった。

「そうだとして、何をどう調べたらいい？」

「それがしが、お絹殿に会いましょう。女同士なら、男にはいえぬことを聞き出せるかもしれません」

「そうか。それをやってくれるか」

「はい。一刻も早く、伊能竜勝殿を見付け、取り返しがつかなくなる前に、お絹殿や英丸の許に伊能竜勝殿を連れ戻す。そうすべきかと」

文史郎はつくづくと弥生に見とれた。いつの間にか、弥生は堂々たる剣客相談人になっている。頼もしいかぎりだった。

「それがしが気になっているのは、伊能竜勝殿が出奔する前、両国橋の広場での喧嘩か何かの騒動で、助けたという老人です。もしかして、その老人が出奔の鍵を握っているかもしれません」

「うむ。そのことは、それがしも考えていた。しかし、どうやって、その老人を捜し出すのか、だ」

「もしかして、門弟たちの誰かが、その騒動を見かけているかもしれません。すぐに、みんなに話をしてみましょう」

「うむ。それをやってくれ。それがしは、定廻り同心の小島啓伍に尋ねてみる。喧嘩や騒動なら、奉行所も何か知っておるかもしれない」

　左衛門も大きくうなずいた。

「そうですな。では、さっそくに、これから分担して、事に当たってみましょう。爺は船頭の玉吉を訪ねます。殿は」

「うむ。八丁堀に乗り込もう。この押し込み事件の詳細もきいておきたい」

「では、さっそくにも、それがしは、権兵衛殿を訪ね、お絹殿とお会いします」

　文史郎は弥生、左衛門と顔を見合わせ、立ち上がった。

第二話 押し込みの夜

一

文史郎は左衛門と別れて、八丁堀の奉行所を訪れた。

奉行所の玄関はいつになく人の出入りが多く、騒ついていた。

文史郎は奉行所の門番に定廻り同心小島啓伍の名を告げ、面会を求めた。文史郎はすぐに控えの間に通された。控えの間の受付係は、文史郎にしばし、お待ちくださるようにと言い残し、どこかに消えた。

控えの間には、昨夜の事件の被害者たちが、事情聴取を受けるために訪れていた。

商家の主人や番頭たちが大勢詰め掛け、調べの順番を待っていた。

しばらく待つうちに、同心の小島啓伍があたふたと現れた。充血した目をし、目の下に大きな隈（くま）ができている。徹夜して、一睡もしていない、といって頭を振った。

「殿、急用と申されましたが、どのような」

「忙しいときにほんとうに悪いのだが、調べたいことがあるのだ」

小島は周囲の被害者たちに目をやった。被害者たちは、互いの被害の状態について、声高に話をしていた。

「ここはうるさいので、こちらへ御出でください」

小島は文史郎を奉行所の奥へと案内した。細長い廊下の両脇に取り調べに使われる小部屋がいくつもあり、その中で同心たちが被害者からの聞き取りをしていた。

文史郎が案内されたのは、一番奥まったところにある大部屋だった。文机がいくつも並んでいて、与力や同心たちが詮議（せんぎ）を行なう部屋のようだった。

文史郎は小島に開口一番にいった。

「いま人捜しを依頼されている。元村上藩士の伊能竜勝で、年齢は三十三歳。柳生新陰流の遣い手だ。三年前に脱藩し、江戸に来て暮らしていた。その伊能が三カ月ほど前に突然、女房子供を置いて出奔した」

「女房子供を捨てて消えたのですか？　それなら、ほかにいい女が出来たのでしょう」

「いや違う。伊能竜勝は女房に必ず帰って来るという置き手紙を置いていった。しかも、決してあとを追うなといってな」

「……ふうむ。殿、申し訳ありませんが、たった一人の浪人者捜しをすることなんぞ、できません。それでなくても、昨夜来の押し込み強盗で奉行所は天手古舞(てんてこまい)していまして、人捜しに人を割ける状態ではありません」

「もし、その伊能竜勝が、押し込み強盗の一人であったら、いかがいたす？」

小島はぎくりとして顔を上げた。

「な、なんですと。その伊能竜勝なる男は、月影党一味の一人だというのですか？」

「確証はない。だが、女の勘では、そうではないか、というのだ」

「女の勘？　誰です、その女というのは？」

「我らが仲間、女相談人の弥生だ」

「弥生様の……ですか？」

小島は首を傾(かし)げた。

「それと、おそらく伊能竜勝の女房のお絹も、そういう疑念を抱いておるのではないか、と思われる。それで亭主を捜してくれと依頼して来たらしい」

「弥生様や女房殿の勘だけでは……」

小島は頭を振った。

「小島、おぬしも女房持ちであろう？」

「はい」

「女房の勘は鋭いだろう？　おぬし、隠し事をしても、すぐばれるのではないか？」

「それがし、そんな女房に隠すようなことは何もしていませんが」

「嘘を申すな。おぬしが真面目なことは分かっているが、だからといって女房に知られてはまずいことはしておろう？」

「……それはまあ。分かりました。確かに女の直感は鋭うござる。それはそれとして、いったい、その伊能竜勝の何を調べたらいいのか分かりませんが」

「三カ月以上も前のことになるが、両国橋の広場で喧嘩か、あるいは何かもめ事はなかったか？」

「はて、どのような？」

「詳しくは分からぬ。何かもめ事に巻き込まれた老人を伊能竜勝が助けたらしいのだ」

「ははあ。それがしの担当ではなかったが、たしか、広場での興行をめぐり、地回りが大道芸人ともめたようなことがありました。少々お待ちください」

小島は立ち上がり、廊下に姿を消した。

文史郎は小者が運んで来た茶を啜った。

女の直感をほんとうに信じていたわけではない。だが、両国橋の広場であったもめ事は、伊能竜勝の出奔に関係があるのではないか、という予感はする。

廊下を伝わって、大勢の人の声がきこえてくる。話の内容は分からないが、役人たちに何ごとかを訴えている気配だけは分かる。

やがて、和綴じの帳簿を手に、小島が部屋に戻って来た。

「殿、ありましたぞ。これでござろう」

小島は文史郎の前に座ると、分厚い帳簿を置いた。

「これは？」

「当直の者が、その日の諸事諸般の出来事を記した日録でござる。これを見れば、その日、市中で起こった諸事が分かることになっております。ただし、奉行所に届けられた諸事に限られておりますが」

小島は帳簿に栞を挟んだ頁を開いた。

文史郎は帳簿に目を通した。

『六月二十日昼九ツ（正午）ごろ。両国広小路において、大道芸の場所をめぐり、地回りと素浪人たちとの諍いあり。双方に怪我人が出た。定廻り同心松下兼之助が、手の者を率いて駆け付け、双方の仲裁に入り、もめ事を治めた。云々……』

「おそらく、これでござろう」

「ほかにはないか？」

「この前後の日録をさっと見ましたが、ほかにもめ事らしい騒ぎはありませんでした。両国広小路では、めったにもめ事や喧嘩は起こりません。広場を仕切っているテキヤの神風組がいますんで。この二十日のもめ事はほんとに珍しい」

小島は念のため、六月の日録の頁をぺらぺらとめくって文史郎に見せた。ほかの頁は、その日の行事や催しについての記述が書き記してある。

「この松下兼之助殿に会えるかな？」

「松下兼之助は後輩でしてね。呼べば来ます。いま被害者の商家の訴えを聴いているところです。事情聴取を終えたら、こちらに来るように申しておきましょう」

「うむ。頼む」

文史郎は小島の好意に甘えた。

「ちょっと見て来ます」

小島はまた部屋を出て行った。

文史郎は待った。間もなく廊下に、小島と連れ添った若い同心が現れた。

若い同心は文史郎に部屋の入り口で頭を下げた。

「松下兼之助と申します」

松下は部屋に入ると膝行し、文史郎の前に進み出た。

文史郎は六月二十日の日録を見せた。

「これは、どんなもめ事だったのか？」

「ああ、これは大した喧嘩ではありません。広場の一隅で、神風組の縄張りだとは知らずに、年寄りの絵師が似顔絵を描いて、なにがしかの銭を頂いていたんです。絵師はだいぶ年寄りだったし、似顔絵を売っても大したあがりではないので、神風組の地回りたちは見て見ぬふりをしていた」

「ふむ。それで」

「ところが、似顔絵があまり上手（じょうず）なので、巷（ちまた）の評判になり、次第にその場所に人だかりができるようになった。その日も、七、八十人が年寄りの絵描きを取り巻き、子供連れの御女中たちが絵師に頼んで順番に子供の似顔絵を描いてもらっていたそうなのです」

地回りたちは、絵師の商売繁盛ぶりを見て、年寄りの周りにいた女子供を追い払い、年寄りを囲んで場所代を支払え、と脅した。場所代を払わねば、ここで商売はさせないと。

年寄りは、天下の公道だ、どこで誰が何をしようと勝手のはず、と場所代の支払いを断った。

頭に来た地回りたちは、年寄りの絵師の商売道具の墨汁や筆、床几や硯箱などを取り上げ、地べたにぶち撒けた。

年寄りの絵師は、茫然として何も抵抗せずにいた。

そこへたまたま通りかかった一人の浪人者が見かねて、お年寄りに何をするか、と地回りたちを怒鳴り付けた。さらに、地回りたちを素手で投げ飛ばし、打ち据えた。

見ていた野次馬たちは大喝采し、浪人者と年寄りの絵師を応援した。

地回りたちはかなわぬと見ると、神風組の番屋に逃げ帰った。浪人者にやられた話をきいた地回りの仲間たちは、仕返ししようと、脇差しや棍棒を手に、絵師や浪人者のいた場所に取って返した。

地面に散らばった硯箱や描いた似顔絵などを拾い集めていた見物人たちは、蜘蛛の子を散らすように逃げた。

浪人者と年寄りの絵師は、地回りの荒くれ者たちに取り囲まれた。

浪人者は腰の大刀を抜き、年寄りを背後に庇い、脇差しを抜いて迫る荒くれ者たちに、立ち向かった。

いくら武家とはいえ、多勢に無勢。見物人たちは、浪人者に味方して、地回りたちに石を投げはじめた。

「それで、大騒ぎになり、岡っ引きの報せもあって、それがしが現場に駆け付けたというわけです」

「そうしたら？」

「すでに浪人者の足許に七、八人が倒れていました」

「斬られたのか？」

「いえ、峰打ちで叩かれ、腕を折られたり、足を折られていました。やられた者たちは、苦しそうにうんうん唸っておりました。それで、地回りたちはいきり立って、収まる気配がなかった」

「それで、どうやって収めたのだ？」

「それがしが、双方の間に立って、ともかく刀を引けと命じた。引かねば、お上に逆らうことになるぞ、と」

「そうしたら？」

「浪人者は初めから斬るつもりはない様子で、すぐに刀を納めました。他方の地回りたちは仲間がやられたことでいきり立ち、すぐには収まりそうもなかった。そのうち、報せを聞いた奉行所の同僚が、捕り手たちを引き連れて駆け付けたので、神風組は渋々刀を納め、怪我人たちを担いで引き揚げたのです」

「絵師の年寄りと浪人者の名は尋ねたのか？」

「はい。一応、騒動の一方の当事者ですので、事情を訊きました。絵師の年寄りは、玄斎。元武家で、いまは隠居の身とのこと。浪人者は、伊能竜勝と名乗っておりましたな」

「それだ、その伊能竜勝だ」

文史郎は小島と顔を見合わせた。

「伊能竜勝と名乗った浪人者は、どこに住んでいると申しておった？」

「たしか、益衛門店とか」

「それで、絵師の老侍は、どちらに？」

「それはききそびれました」

「ききそびれた？　なぜに？」

「同僚から、引き揚げた神風組の若い衆が、御老体とその浪人者に復讐しようと、広場の出入り口でうろついているので、早くこの場から立ち去るようにいえ、と急かされたのです」

「それで、二人は、いっしょにどこかへ引き揚げたのか？」

「はい。橋の袂の船着き場に案内し、舟を呼んで、両国橋から逃がしたのです」

「その絵師の玄斎の風体だが、どんなだったのだ？」

「痩せた体付きではありましたが、眼光鋭く、明らかに武芸の心得がある年寄りだと思いました。顎に髯を生やし、やや上品な面持ちの端正な顔立ちをしており、頭には白髪混じりの髪をひっつめにして、小さな髷を結んでいた」

「歳のころは？」

「還暦過ぎぐらいではないか、と」

文史郎は腕組をし、考え込んだ。

「舟で逃がしたと申したな？　どこの舟の船頭か覚えておるか？」

「両国橋界隈の大川や神田川は、船宿芦屋の縄張りですから、芦屋の船頭の舟だったと思います」

もしかして、伊能竜勝は、その玄斎と会って、何か仕事を頼まれたのかもしれない。

同じ船頭の玉吉なら、芦屋の船頭たちのことは知っているに違いない。

「松下殿、ありがとう」

「何かの手がかりになりましたか？」

「いや、大いになった。感謝する」

文史郎は、小島と松下の二人に礼をいった。

文史郎は立ち上がろうとしたとき、小島がいいにくそうにいった。

「殿、ところで、お願いがあるのでござるが」

「うむ。何かな？」

「実は、月影党の正体が掴めず、苦慮しております」

「うむ。それで」

「いつ何時、また月影党一味が、江戸市中で豪商を襲うやもしれません。相手は、どうやら、腕が立つ侍たちの集団と思われます。万が一、遭遇することがあっても、我らだけでは対処できないかもしれません」

「そうか」

「一晩に何箇所も同時に襲われると、我々町方は分散され、それらすべてを追うことができません。我らの手に余るものがあります。なんとか相談人様たちのお力を貸していただけませんでしょうか？」

「それは正式な依頼か？　それがしはいいといっても、口入れ屋の権兵衛や爺がなんと申すか」

「つまり、お金にございますな」

「うむ。それがしたちも霞（かすみ）を食うて生きているわけではないからな」

「承知しております。遠山近衛門様から、内々に、殿によろしうお願いしておくように、といわれています。お金のお話は権兵衛にいえばいいのでござるな」

「さよう。どこまでやれるかは分からぬが、奉行所の正式な相談であれば、無下（むげ）には断れないものな」

文史郎はうなずいた。

二

文史郎が奉行所から長屋に戻ったのは、午後の早い時刻だった。

空は秋晴れだ。雨のあとの大川は濁り、魚が釣れる。

文史郎は釣り竿を肩にかけ、魚籠（びく）を腰に下げて大川端に繰り出した。

まだ夕方まで十分に釣りの時間はある。

いつもの釣り場は、知らぬ顔の釣り人が占拠していた。

それぞれの釣り場はだいたい決まっているものの、先に来た者勝ちである。

文史郎はあきらめ、いつもの場所よりも下流の柳の下に陣取り、釣り糸を垂れた。

案の定、上流域に雨が降ったせいで、川の水は濁っている。しかし、何度、新鮮なみみずを釣り針に付けて魚の食欲を誘っても、浮きは水間を漂うばかりで、少しも魚信がない。

文史郎は浮きを見つめながら、ぼんやりと考え事をしていた。近くの灌木の向こうから、ぼそぼそと人の話し声がきこえた。川の流れの音に消され、何を話しているのかは分からない。

顔見知りの釣り仲間が話しているのか？

文史郎は首を延ばし、灌木の葉の間から見え隠れしている人影を窺った。

木陰越しに、三、四人が土手の斜面の草地に座り、並んで釣り糸を垂れていた。あまり魚信がないので、退屈紛れに世間話でもしているのだろう。

文史郎は釣り竿を引き上げた。やはり、釣り針には、餌のみみずがだらりと垂れ下っていた。魚が突っ突いた気配もない。

当たり前のことだが、魚信のない場所には魚はいない。文史郎はその場をあきらめ、別の場所に移ろうと思った。釣り竿を摑み、立ち上がった。

話し声が急にやんだ。文史郎が移動して来る気配に、並んで釣り糸を垂れていた人たちも釣り竿を引き上げ、そそくさと移動して行く。

文史郎は苦笑した。

釣りをしている人たちの近くに、糸を垂れるつもりはない。もっと別の釣り場に移るつもりだったのに。

灌木を回り込み、下流の岸辺に出た。

土手の道を足早に去って行く三人の侍の後ろ姿があった。さっきまで並んで釣りをしていた人たちに違いない。男たちの姿はすぐに木立に隠れて見えなくなった。

柳の下で一人だけ残り、釣りをしている人影があった。

見覚えのある老人だった。同じ長屋の住人夏目老人だ。

夏目は日溜まりの中で、釣り糸を垂れ、気持ち良さそうに、こっくりこっくりと舟を漕いでいた。

水面の浮きが水中に引き込まれ、釣り竿が大きくしなっていた。

「もし、夏目殿、魚がかかっておりますぞ」

文史郎は見かねて声をかけた。

夏目老人はびくりと起きて目を覚ました。

「お、かかっておる、かかっておる」

夏目老人は慌てて竿を引き上げ、餌に食い付いた魚を岸辺に引き寄せた。かかった魚が水面でばたばたと暴れている。

「拙者が獲りましょう」

文史郎はたも網で水面近くまで上がって来た魚を掬い上げた。銀色の鱗が陽光を浴びて、きらきらと光る。

コノシロだ。それも大物だった。

夏目老人は大喜びで笑った。

「どちらのお方か知らないが、かたじけない」

夏目老人は、目をしばたたき、文史郎を見た。初めて文史郎だと気付いた様子だった。

「なんと文史郎殿ではござらぬか。これは奇遇奇遇」

夏目老人は上機嫌で笑った。

「よかったですな」

文史郎はコノシロの口から針を外し、夏目老人の魚籠に入れた。魚籠には、ほかに魚は入っていなかった。これが最初の釣果らしい。

「御老体も、釣りをなさるのですか？」

「ははは。釣りというか、のんびりと陽なたぼっこをするというか。まあ、そんなところだ。で、おぬしの釣果はいかがかな？」

「坊主です。いまだ一尾も獲れず」

文史郎は空の魚籠を振った。

「それはいかん、わしのように夕食のおかずを獲らねばのう」

夏目老人は慣れた手付きで、みみずを釣り針に掛け、水面に放り込んだ。

「では、それがしも、お近くで」

文史郎はやや離れた箇所に座り、竿の糸を手繰り寄せた。ふやけて白くなったみみずと、生きのいいみみずを取り替えて、狙いをつけ、渦を巻いている水面に放り込んだ。

「さきほどの方々はお知り合いで？」

「なに？　さきほどの方々だと？」

「ここでいっしょに釣りをなさっていた侍たちですよ」

「わしは一人でここにいたのだが。そんな連中が近くにいたのか？　道理でぶつぶつ話す声がきこえて煩いと思うた」

「そうですか。お知り合いではなかったのですか」

文史郎は水面に漂う浮きを見つめた。魚信はない。いま一度、竿を上げ、やや上流に餌を入れ直した。

「文史郎殿」

「その殿はやめてくれませぬか。文史郎と呼び捨てにしてください」

「ならば、わしのことも夏目と呼び捨てしてもらわぬと」

「目上の人を呼び捨てにはできません。では、御老体とお呼びしてもいいですか？」

「御老体か。まさに、その通りだな。まあ、いいでしょう」

「では、御老体とお呼びします」

「うむ。ところで、文史郎、おぬし『枕草子』は読んだか？」

「いえ。まだでござる。ちと、忙しくなり申して」

「もしや、清少納言の『枕草子』を女子の文芸と侮っておらぬだろうな」

「いえ、決して、そのようなことはありません」

「うむ。よろしい。優れた文芸は人の心に響き、人生に潤いをもたらす。まさしく『枕草子』はそういう類の書だ。漢籍にも劣らぬ大和の文芸だ」

浮きがくいっと水中に沈んだ。

「来ました」

文史郎は魚があまり餌を飲んでしまわぬように、竿を引いた。弓なりにしなった竿が針にかかった獲物の大きさを示している。

「おう、来たか」

「はい」

文史郎は暴れて逃げようとする魚をゆっくりと岸辺に引き寄せた。たも網で魚を掬い上げる。

コノシロの大物だった。銀色の鱗が陽光にきらめいた。

「おう、こっちも来たぞ」

夏目老人は喜びの声を上げ、竿を引き上げた。釣り糸の先に、マハゼがかかり跳ね回っている。

「マハゼだ。わしの好みの魚だ。よしよし」

夏目老人はマハゼを引き寄せ、針を外して魚籠に入れる。

「おう、入れ食いですぞ」

文史郎は腰を上げた。餌を付けて放り込んだばかりなのに浮きが引き込まれるように沈み込んでいる。引きは軽い。竿を上げると、こちらもマハゼの小物が跳び跳ねていた。

「文史郎、こっちもだ」

夏目老人も喜色満面で竿を上げた。釣り針にかかったのは、ボラだった。

上空をユリカモメたちがすいすいっと飛び交っていた。

小半刻ほど文史郎と夏目老人は、ろくに話もせず夢中で釣りに没頭した。文史郎の魚籠も夏目老人の魚籠もかなりの釣果で満たされていた。

だが、突然、二人の浮きは水面に漂ったままぴくりとも動かなくなった。先ほどまで、入れ食いで獲れていたのに、ぱたりと魚信がなくなった。夕方近くになり、潮が引きはじめ、潮目が変わったのだ。

「殿、こちらにおられましたか」

左衛門の声が背後で起こった。

「おう、爺、今日は、それがしも夏目殿も、大漁だぞ」

文史郎は重くなった魚籠を指差した。

「おや、夏目様もごいっしょでしたか」

左衛門は夏目に頭を下げ、魚籠を覗いた。

「ほんとうだ。これは珍しい。大漁ですなあ」

「我々だけでは食べきれぬ。お福やお米たちにも分けてやろう」

「そうですな。きっと喜ぶでしょう」

「左衛門殿、わしの釣った魚も、長屋の人たちに分けてもらえますかな。わし一人では、とても食べきれないのでな」

夏目老人もにこにこしながらいった。左衛門はうなずいた。

「それはそれは、長屋の者たちは、夏目様にも大いに感謝することでしょう」

「魚信も止まった。そろそろ引き揚げようかのう。わしはちと疲れた」

「そうでございますな。そろそろ終わりにしましょうか」

文史郎は竿を引き上げた。餌のみみずは針についたままだった。ふやけたみみずを外し、川に投げ込んだ。

左衛門が文史郎に小声でいった。

「殿、玉吉に会い、例のこと、依頼しておきました。さっそくに折助(おりすけ)仲間にあたってみるそうです」

「うむ。そうか。ご苦労。ところで、また玉吉に至急に調べてほしいことが起こった」

「なんでございます？」

夏目老人にちらりと目をやった。

「長屋に戻ってから話そう」

「分かりました」

文史郎は竿を手に立ち上がった。

夏目老人もすでに魚籠を手に、竿を肩に掛けて帰る支度をしている。

夏目老人は文史郎と肩を並べながら話しかけた。

「相談人の仕事は、お忙しそうですな。今回は、どんな相談に乗っておられるのですかな？」

「人探しです。女房子供を置いて、長屋から出奔した浪人者がいる。その女房子供から、亭主を探してほしい、という相談です」

「そうでござったか。そうではなく、もっと大きな事件の相談か、と思った」

「はあ？　どんな事件だと？」

「ほれ、最近、豪商が何軒か押し込み強盗にあったという事件があったそうではないですか。てっきり、あの被害者たちの相談に乗ったのか、と思ってました」

文史郎は左衛門と顔を見合わせた。文史郎は訊いた。

「御老体は、よく御存知で。どこから、そんな話をきいたのです?」

「長屋のおかみさんたちからですよ。井戸端でもっぱらな噂で、瓦版まで見せてくれましたよ」

「瓦版ですか」

道場で門弟たちが見せてくれた瓦版の「読売」を思い出した。

「おかみさんたちは、相談人の殿様たちは、きっとどこかの商家から用心棒でも頼まれて、忙しいのではないか、ってね」

夏目老人は笑いながらいった。

「わしも、もう少し若かったら、どこかの用心棒にでも雇ってもらって、少しは世の中のために働くのだがねえ。こう歳をとってしまっては、人の厄介にばかりなって。おぬしらが羨ましい」

「夏目様は、まだまだお元気ではないですか。我らこそ悠悠自適に暮らしておられる夏目様が羨ましい」

「ははは。隣の柿は赤く見えるものですぞ」

夏目老人は、文史郎や左衛門と顔を見合わせにこやかに笑った。

左衛門が訊いた。

「夏目様は、もともと、どちらの御家中だったのですか？」

「西国の、さる小さな藩におりましてな」

「何をなさっておられたのです？」

「ははは。つまらぬお役目です」

「藩の要路をなさっておられた？」

「いや。藩校で和漢の書を教えていただけです。大したことはしておらなんだ」

「先生でしたか」

「人徳もない、ほんとうに至らぬ教師でした」

夏目老人は微笑んだ。文史郎は夏目老人の歩様に目をやりながら聞いた。

「武芸もたしなまれておられますな」

「ははは。それも少々のことで、大したことはありません」

夏目老人の歩様は剣を扱う者特有の摺り足だった。いつ何時、打ち込まれても対処できる体勢を取っている。

「文史郎殿の流派は心形刀流でしたな」

「さようでござる」

「心形刀流は藩主が修める剣の流派。やはり貴殿は那須川藩主の若月丹波守清胤様というのはほんとうなのでござるな」

「いまは、一介の素浪人でござる」

「やはり、文史郎と呼び捨てにはできませんな。わしも、長屋の住人同様、貴殿を殿とお呼びしてもよろしいでしょうか？」

「お好きなようになさってください」

文史郎は拘らずにいった。

いつの間にか、安兵衛店の木戸に着いていた。

木戸を潜ると夏目老人は足を止めた。

「わしの長屋は隣の棟の一番奥だが、殿も御存知でしょうな？」

「もちろん。よかったら、我らの長屋にお寄りになりますかな」

「ありがとうござる。今日は失礼いたす。ところで、殿は、将棋はおやりかな？」

「へぼですが」

「わしは下手の横好きで、将棋を指します。もし、よかったら、今度はわしの長屋ででも、一度、お手合せを」

「喜んで」

文史郎はうなずいた。夏目老人は文史郎と左衛門に一礼した。

「では、ここで失礼いたす。御免」

夏目老人は泰然（たいぜん）と細小路を歩き出した。

「あら、お殿様、お帰りなさい」

隣の長屋からお福が顔を出した。背中の赤子をあやしている。

左衛門が魚籠をお福に差し出した。

「今日の殿の釣果ですぞ。夕飯のおかずにしてくれ」

「ありがとうございます。まあ、こんなにたくさん」

「ほかのおかみさんたちにもお裾分けしてくれんか」

「はい。もちろんです」

お福は子供たちを呼んだ。部屋の中から、男の子や女の子がどっと現れ、魚籠を覗き込み歓声を上げた。

「お福、済まぬが、殿とそれがしの分は、一尾ずつでいいので残してくれぬか」

左衛門が頼んだ。

「はいはい。いっしょに焼きます。お任せくださいなって」

お福は満面に笑みを浮かべ、左衛門の肩をどんと叩いた。

三

権兵衛が英丸を連れて座敷から下がると、弥生とお絹は二人きりになった。

弥生はお絹に優しく尋ねた。

「ご主人の不審な態度に気付いたのは、いつのことでしたか？」

「………」

お絹は下を向いた。

「女同士、ほんとうの気持ちをいってください。決してほかの人には洩らしません」

「お話しするのも、恥ずかしいのですが、旦那様は、吉原（よしわら）に通っておられました」

「まさか。奥様がおられるのに」

「私もまさか、と思いました」

「いつ気付いたのですか？」

「出奔する十日ほど前でございます」

「どうして気付いたのです？」

「水茶屋の常連さんが、そっと耳打ちしてくれたのです」

「なんと?」

「おたくの旦那を吉原で見かけたよ、って。それも何度も、と」

「信用できる常連さんですか?」

「……はじめは、私を口説こうとして、そんなことをおっしゃったのだと思いました。でも、いわれてみれば、旦那様の着物から他の女の白粉の匂いがしたことがあった」

お絹は溜め息をつき、話を続けた。

「ある日、店を休み、長屋の近くで見張っていたのです。そうしたら旦那様が見知らぬ男の人と連れ立って出掛けた。そっとあとを尾けたら、掘割に待たせてあった屋根船に乗り、大川に漕ぎ出した」

「どうなさいました?」

「私も舟に乗り、船頭さんに屋根船を尾けるようにお願いしたのです。そうしたら、屋根船は日本堤の掘割に入り、吉原に上がる船着き場に着いたのです」

「それで?」

「屋根船から、四、五人の男の人たちが出て来て、その中に旦那様の姿もあった。旦那様は、その人たちと堤に上がり、廓に入って行きました」

「ふうむ」

「その晩は、旦那様はお戻りにならなかった。翌朝、お戻りになったので、私は思い切って旦那様にお尋ねしました。どちらにお泊りになったのですか、と」

「なんと、ご主人は答えたのです？」

「旧友に会った。旧友から大事な仕事を頼まれた。その仕事のことで話し込み、泊まることになった、と」

「お絹様はなんといったのです？」

「吉原に行ったのでしょう？　と」

「そうしたら？」

「吉原だろうが、どこであろうが、大事な仕事の話だ。男のやることにいちいち口出しするな、と。ともかくも、それがしのことを信じろ、と叱られました」

　お絹は悲しそうに顔を伏せた。

「それで、どうなさったのです？」

「旦那様にそれ以上はきけませんでした。ともかく、俺のことを信じろ、余計な心配はするな、というばかりで」

「信じましたか？」

「……信じたいとは思うのですが、胸が苦しくなって」

「吉原に女が出来たと思いますか？」

「……吉原で遊ぶお金はないはずなのです。だから、どうやって遊んでいるのか、分からないのです」

「その旧友からお金を借りたのですかね？」

「分かりません。だから、余計心配なのです。もしかして、旦那様は悪い女に引っ掛かったのではないか、と」

「その旧友というのは誰なのです？」

「分かりません。旦那様にお尋ねしたら、余計なことをきくなとおっしゃって」

「その旧友が分かると、手がかりになるのですがねえ」

「その常連さんが旦那様といっしょにいた人たちを調べてくれるというのですが……」

お絹は目を伏せた。弥生は察知した。

「その代わりに、というのですね」

「はい」

美しいお絹さんは、男たちから口説かれることが多いに違いない。

「その常連さんを教えてください」

「本所の蔵元卍屋の富兵衛さんです」

「もしかして、先日、押し込み強盗に見舞われた卍屋ですか？」

「はい。そうです」

お絹は沈んだ声で答えた。弥生はいった。

「話を戻しますね。ご主人は、吉原の女のところへ走った？　そう思いますか？」

「そうは思えないのです」

「どうしてです？」

「出奔したあと、なぜ、二十両がうちに届けられたのか？　もし、吉原の女のところに行っているのなら、そんな大金をうちに入れないでしょう。女に貢ぐだけのはず。だから、心配なのです。もしかして、旦那様は悪いことに手を染めているのではないか、と」

「分かりました。私たちが、その吉原の女や旧友を捜しましょう。彼らが何か知っているかもしれない」

「よろしく、お願いします」

お絹は弥生に深々と頭を下げた。

弥生は腕組をし、考え込んだ。

まず卍屋の主人富兵衛に会って、事情を訊く手だ。

四

次第にあたりは暮れ泥んで来る。

文史郎と左衛門はまだ明るいうちに夕食を摂った。

お福が醬油をつけたマハゼを、七輪の炭でこんがりと焼き上げてくれた。

文史郎と左衛門は焼いたマハゼを白いご飯の上に載せ、香ばしいマハゼを頭から食した。

隣のお福たちも大騒ぎで、焼き魚の夕食を食べている。

文史郎と左衛門が食事を終え、膳を片付けているときに、薄暗くなった油障子戸の外から、同心の小島啓伍の声がかかった。

「御免ください。殿、お話があります」

「おう。小島、入ってくれ」

油障子戸が引き開けられ、忠助親分を連れた小島が入って来た。

「失礼します」

「失礼しやす」

小島と忠助親分は土間に入り、油障子戸を閉め、文史郎と左衛門に挨拶した。

「二人とも、狭いところだが、上がってくれ」

「はい。では、失礼」

小島と忠助親分は上がり框から部屋に上がって並んで座った。

「話というのはなんだ？」

「権兵衛と話がつきました。正式に、しかし内々に奉行所から、相談人様たちにお手伝い願いたいとなりました」

「そうか。権兵衛と話がついたのだな」

「さっそくですが、本日夜から、それがしたちにお付き合い願いたいのですが」

「うむ。どういうことだ？」

「どうやら、札差の三河屋が狙われている気配があるのです」

「ほう。狙われている兆候でもあるのか？」

小島は忠助親分に話すように促した。

「へい。小島様のいいつけで、下っ引きたちをめぼしい札差や蔵元に張りつけたら、そのうちの三河屋の周辺に、不審な動きをする野郎たちがいるのに気付いたんでやす」

「三河屋というのは、強欲で知られている金貸しでござろう?」

台所で膳を片付けた左衛門が声をかけた。

「そうです。三河屋は、日ごろから悪評が立っているので、次はうちではないか、と戦々恐々となっておるのです」

小島が答えた。

「襲われても当然といってもいいのですが、奉行所としては、そうはいかない」

「それで、わしらにどうしろ、というのだ?」

「とりあえず、この二、三日でいいのですが、用心棒として三河屋に泊まっていただきたいのです」

「なるほど。それで、小島、おぬしはいかがいたすのだ?」

「それがしは、ほかの狙われそうな商家二、三軒を見回らねばなりません。殿様たちに、一番狙われそうな三河屋を守っていただければ、ほかは与力同心たちでなんとか対応できそうなのです」

「二、三日でいいのなら、三河屋に詰めてもいい。そのあとは、いかがいたすのだ?」

「そのあとは、御奉行がお考えなさるそうで。おそらく火付盗賊改めの応援を得ることになりましょうな」

「よし、分かった。今夜からだな」

「はい。三河屋まで、それがしがごいっしょし、主人に殿を紹介いたします」

「うむ、いいだろう」

文史郎は左衛門と顔を見合わせた。

五

日本橋の三河屋は、すでに仕事を終え、堅く店の戸を閉めていた。

あたりには黄昏(たそがれ)が覆い尽くしていた。

小島は三河屋の戸をとんとんと叩いた。中から誰何(すいか)する声が響いた。

「南町奉行所定廻り同心小島だ」

その声に戸の向こう側で人の騒ぐ声がきこえた。

文史郎は左衛門とともに、さりげなくあたりを窺った。

忠助親分が下っ引きの末松(すえまつ)に周囲の見回りをするよう指示している。末松は尻端折(しりはしょ)

りをして、路地の暗がりに姿を消した。

やがて通用口の戸が軋み音を立てながら開いて、手代が恐る恐る顔を出した。手代は小島を確認すると、中に招き入れた。

「ようこそ、小島様」

小島に促され、文史郎と左衛門が店内に足を踏み入れた。

「殿、三河屋の主人善衛門(ぜんえもん)にござる」

小島はでっぷりと太った小柄な男を紹介した。脂ぎった丸顔に細い目。名前こそ善衛門だが、強欲で知られた高利貸しだ。

三河屋善衛門は、行灯(あんどん)のほのかな明かりの中で、満面に笑みを湛え、文史郎と左衛門、小島を迎えた。

「これはこれは、相談人様方、ようこそ、御出でくださいました。小島様、わざわざ、相談人様をご紹介ありがとうございます」

文史郎たちが、今夜は店の奥の客間に宿泊するとあって、番頭や手代、丁稚(でっち)にいたるまで、安堵に満ちた顔をしていた。

「相談人様がおられるので、うちの店は安心安全です」

大番頭の吉兵衛(きちべえ)が文史郎に深々と頭を下げた。

「では、相談人様、こちらへどうぞ」

吉兵衛は廊下を先に立って歩き出した。

「小島、ちと話がある。忠助親分もいっしょに来い」

「はっ」

「へい」

文史郎と左衛門は、小島と忠助親分とともに、店の奥に入った客間に通された。そこには、文史郎と左衛門二人分の膳が用意されていた。

善衛門が慌てて奥の台所にさらに二人分の膳を用意するように怒鳴った。台所から、お内儀や女中の返事が起こった。

「気が利かない連中だ。申し訳ありませぬ。小島様や親分様の膳を用意しておかないなんて。番頭さんも番頭さんだ。どうして食事を用意しておかなかったのだ？」

「旦那様が二人分でいいと……」

吉兵衛が小声で返答した。善衛門は慌てて吉兵衛を黙らせた。

「善衛門、それがしたちは、もう食事はうちで終えて参った。小島と忠助親分はまだのはずだ。二人に、この膳を食べてもらおう」

文史郎は苦笑しながら善衛門にいった。

「しかし、我らは外で食事をしますんで」

小島が遠慮をした。忠助親分も小島に同調している。

女中がお櫃を持って部屋に入って来た。

「さあさ、ご飯をどうぞ」

女中は膳の茶碗に白いご飯を山盛りに盛り付けた。

左衛門が笑いながらいった。

「小島殿、忠助親分、遠慮するな。殿もそれがしも、殿の釣果の魚をたらふく食した。何もいらぬ」

「待て、爺。ちと酒がほしいな」

文史郎は左衛門を止めた。

善衛門はすかさず返答した。

「はい、はい。お酒ですな。番頭さん、お酒だ。お酒を相談人様たちに用意なさい。しかし、うんとはいらぬぞ。寝ずの番にさしつかえてはいかんからな」

「はい。ただいま用意させます」

吉兵衛は台所に取って返した。文史郎は小島と忠助親分に自分の膳と左衛門の膳を譲った。

「さ、遠慮せずに食べてくれ。夜は長い。腹が減っては戦(いくさ)はできまいて」

「そうそう。二人とも遠慮せずに」

　左衛門も促した。

　小島は膳の前に進み出て座った。

「では、遠慮なくいただきます。さ、忠助親分も」

「へい。では、あっしも」

　忠助親分も膳の前に膝行し、両手を合わせた。忠助は、ご飯を食べようとして箸を止めた。

「御女中さん、お願いがありやす」

「はい、なんでしょう？　親分さん」

「お握りを何個か作ってくれねえっすか？　いえ、ただの塩結びでいいんで。外で張り込んでいる下っ引きの連中が腹を空かしているんで」

「はいはい。いいですね、旦那様」

　女中は善衛門に向いて訊いた。善衛門は一瞬渋い顔をしていたが、すぐに鷹揚(おうよう)にうなずいた。

「もちろんです。お駒(こま)さん、できるだけ、たくさん、作って上げてくれ」

「はい、旦那様」

　女中のお駒は台所に引き揚げて行った。

　文史郎は黙って善衛門の様子を眺めていた。

「善衛門殿、女中さんも済まぬが、席を外してくれぬか」

「はあ？」

　善衛門は怪訝な顔をした。

「今夜の警備について、小島と内緒の打ち合せがある。少しでも洩れるとまずいのでな」

「さようで。分かりました」

　善衛門は憮然として席を立った。

「いつでもご用のときは、呼んでください」

　入れ替わるように吉兵衛が徳利を載せた盆を運んで戻って来た。

「あれ、旦那様は？」

「お疲れのようなので、席を外してもらった」

「さようで。では、わたしも」

「番頭さん、あんたには居てもらいたい。善衛門の代わりにきいていてくれ」

「は、はい」

番頭の吉兵衛は戸惑った顔だったが、そのまま留まり、文史郎と左衛門に湯呑みを渡して、徳利の酒を注いだ。

小島はたくわんを囓り、白いご飯を頬張りながら文史郎に向いた。

「ところで、殿、お話と申しますのは、なんでございますか？」

「これからの警備についてだ。町方は、どういう態勢で備えているのだ？」

「おおよそ狙われそうなお店のある五つの地区を選定し、詰め所に与力同心が待機しています。賊が襲ったという報せが入ったら、直ちに捕り手を率いて出動する態勢にあります」

「この日本橋界隈は、どうなっておるのだ？」

「筆頭与力の大沢様が奉行所に詰め、与力の寺島様率いる隊が橋の袂の番所に待機しています。そして、それがしが、この三河屋以外の越後屋、難波屋など四店を順次巡回し、警備しております」

文史郎は腕組をした。

「守りは弱い。攻める側はいくらでも時と場所を選ぶことができるが、守りは敵が攻めるのを待つしかない。それをどうするかだ」

「小まめに巡回し、敵に隙を見せぬことでは？」

小島は味噌汁を啜りながらいった。文史郎はうなずいた。

「それもある。だが、そうやっていては、いつまで経っても、敵の思い通りになって、こちらが消耗するだけだ。守りを攻めに変えねばいかん」

左衛門が訊いた。

「殿、何か、守りを攻めに転ずる方法はありますか？」

「敵を罠にかける」

「罠にかける？　どうやってでござる？」

小島がご飯を掻き込む箸を止めた。

「おぬしら捕り手は、何人ぐらいおる？」

「この界隈では、与力の寺島様や同心松下らを含めて、およそ三十人ほどでござる」

文史郎はうなずいた。

「その三十人を橋の袂の番所ではなく、近くの稲荷(いなり)神社か寺、道場に待機させる。ここ三河屋以外の四店には、赤々と篝火(かがりび)を焚き、あたかも大勢の捕り手たちが常駐しているように見せ掛ける」

「では、この三河屋は？」

「わざと手薄にする。賊に三河屋を襲わせるように誘い込むのだ」

「しかし、それは危険ではござらぬか?」

「わしらが対応する。忠助親分、手下の末松を見張りに立たせ、ここが襲われたら、小島に知らせろ。そうしたら、小島は三十人の捕り手を率いて、駆け付けろ」

「しかし、敵は逃げ足が早いときいていますが」

「それでいい。敵はわざと逃がす」

「わざと逃がすのですか」

「うむ。忠助親分、おぬしは手下たちを三河屋周辺に張り付け、賊がどこへ逃げるか尾行させろ。やつらの隠れ家を見付けるのだ。そうすれば、我らは守りから、一挙に攻めに転じることができる」

「なるほど」

小島は忠助親分と顔を見合わせた。

「相談人様、しかし、旦那様はなんとおっしゃるか。うちが襲われては困ります。できれば、うちではなく、よそ様で、そういうことをしていただけないか、と」

大番頭の吉兵衛が困った顔でいった。

左衛門が吉兵衛を慰めた。

「吉兵衛、ここが襲われると決まったわけではない」

「しかし、旦那様になんと申し上げたらいいか」

「黙っていればいい。きかなかったことにしなさい」

「きかなかったことにですか？」

吉兵衛は困惑した表情で文史郎を見つめた。

文史郎は安心させるようにいった。

「吉兵衛、大丈夫だ。わしらに任せたのだろう？　わしらがいる限り、賊の思い通りにはさせん。賊を懲らしめないと、何度でもここを襲うようになるぞ。それでもいいのか？」

「はあ。それは困りますが」

吉兵衛は頭を振った。

「吉兵衛、心配いたすな。我々奉行所も付いている」

小島が吉兵衛の肩をぽんと叩いた。

「そういわれても……」

吉兵衛は情けない顔になった。

廊下をばたばたと歩く足音がして、お駒が盆を抱えて戻って来た。

「お待ち遠様。差し入れのお握り、作りましたよ」

お駒は山盛りになったお握りの盆を忠助親分の前に置いた。

「おう、ありがたい。腹を空かした下っ引きたちが喜ぶぜ。こんなにたくさん、ありがとうよ」

「お駒、ちょっと多すぎないか？　旦那様が見たらなんと文句をいうか」

吉兵衛が苦りきった顔でいった。

お駒は豪快に笑った。

「大丈夫。番頭さん、黙っていれば、旦那様も何もいわんでしょ」

お駒は忠助親分に向いた。

「お握りの中には、ちゃんと梅干しを入れてあるからね。こういうときに捕り方の皆さんに大盤振舞(おおばんぶるまい)しておかないとねえ。悪いやつらと戦ってくれる人たちを大事にしないと、バチがあたるからね」

「ありがてえ。ごっつあんだ」

忠助親分はうれしそうに笑った。

左衛門が笑いながらいった。

「じゃあ、親分、それを外のみんなに配って腹拵(ごしら)えしてもらってくれ」

六

夜が更けて行く。

どこかで犬の遠吠えがきこえた。月に向かって吠えているのだろう。障子戸に月明かりが差し込んでいる。今宵は十六夜(いざよい)だ。

文史郎は、ごろりと畳の上に横になり、うつらうつらしていた。布団は座敷の隅に重ねてある。

隣で左衛門が仮眠している。さっきまでは軽く寝息を立てていた。寝返りしてから、寝息は止まった。

どこかでミシっと軋む音がきこえた。

奥の善衛門も家族も、二階の奉公人たちも寝静まっている。廊下や部屋の明かりは落とされ、いまは月明かりだけになっている。

庭に人の気配があった。それも何人もの人が蠢(うごめ)いている気配だ。

屋根の瓦を歩く軋みもきこえた。軋みは、ふっと消え、あたりを窺っている気配がする。

文史郎は小声で囁いた。左衛門が囁き返した。

「爺、起きているか？」

「はい。来ましたな」

「庭に五人、屋根に七、八人か？」

「そのようで」

左衛門は圧し殺した声で返事をする。

庭の奥に蔵が建っている。

どうやら、敵はまんまと罠に嵌まったらしい。

文史郎は大刀を握り、ゆっくりと軀を起こした。鼾をかきながら、刀の鯉口を切った。

左衛門も、わざと大きな鼾を上げながら、むっくりと軀を起こしている。左衛門も刀の鯉口を切った。

二階と奥から、悲鳴のような声が上がり、すぐに収まった。圧し殺した声もきこえる。

庭の賊が、まず奥の家人を制圧し、同時に二階の賊が住み込みの奉公人を黙らせる。

次に寝込んでいると見込んだ客間の文史郎たちを襲ってくるはずだ。

文史郎は鼾を立てながら、左衛門に目配せした。

案の定、障子戸と廊下側の襖越しに、人の気配がある。耳を澄まし、文史郎と左衛門の鼾をきいている。

文史郎は左衛門に手で合図し、庭の敵を指した。自分は廊下にいる賊に対するとした。

左衛門はうなずき、文史郎の背に背を合わせ、庭に面した障子戸の賊に対した。

わざと大きく鼾をかくふりをした。

猛烈な殺気が押し寄せて来る。

文史郎は片膝立ちになり、剣気を消して、賊の殺気を受け流した。

左衛門も、いつでも抜刀できる態勢を取りながら、相手の動きに注意した。

庭に乱れた足音がした。

「……そ、相談人さまあ……」

善衛門の苦しげな声がきこえた。

「い、命だけはお助けを」

女の声もする。

「うるせえ。静かにしろ」

「へ、相談人なんか、助けに来ねえよ」

「さ、蔵の鍵を出しな」

「後生ですから……」

殴る音が立った。女の悲鳴が上がった。

障子戸に映った月明かりに、縁側に立った人影がいくつも見えた。抜刀し、左衛門や文史郎が飛び出して来るのを待ち受けている。

文史郎と左衛門は鼾をかくのを止めた。

突然、廊下の襖が勢いよく引き開けられた。

黒装束姿の人影が現れた。

文史郎は抜き打ちで人影を叩き斬った。続いて刀をもう一閃させ、隣の人影の肩口を打ち据えた。悲鳴が上がり、二つの人影が部屋に転がり込んだ。

障子戸が開けられ、そちらからも黒装束たちが部屋になだれ込んだ。同時に月明かりの中、左衛門の小さな軀が黒装束たちの中に躍り込み、刀を回転させ、黒装束たちを薙ぎ倒した。

文史郎は残る三、四人の黒装束を階段下まで追い詰めた。相手に間合いを取らせず、胸や顔に触れんばかりの接近戦を挑んだ。

黒装束たちの懐に入り込み、刀の柄頭を相手の鳩尾(みぞおち)に叩き込む。

逃げようとする黒装束には、背後から肩口に一太刀を浴びせて倒した。黒装束はその場に倒れ込み、呻き苦しんでいた。

「峰打ちだ。安心せい」

文史郎は刀の刃を返したまま、転がっている黒装束たちを見据えた。

「殿！」

左衛門の声が庭から聞こえた。左衛門を振り向くと、左衛門は庭先で白装束や黒装束たちと刀で向かい合っている。

「待て待て」

文史郎は座敷から庭先に飛び出した。

月光の下、白装束姿の大柄な修験者が白刃を善衛門の首筋にあてていた。

「おぬしらが、三河屋善衛門に雇われた用心棒か？」

もう一人の小柄な白装束の修験者が善衛門の女房を座らせ、大刀を振りかざしていた。

小柄な修験者が文史郎と左衛門に怒鳴るようにいった。

「刀を捨てろ。さもないと、善衛門たちの命はないぞ」

文史郎は頭を左右に振った。

「斬りたければ斬れ。斬ったが最後、それがしがおぬしを斬る」

「そ、そんな。相談人様、そんなことをいわず、私を助けてくださいませ」

寝間着姿の善衛門はぶるぶると震えた。

「なに、相談人だと？」

大柄な白装束は、小柄な白装束と顔を見合わせ、声を出して笑った。

「昨今、剣客相談人とかいう珍商売をしている者がいるときいたが、おぬしらだったか」

「剣客相談人とは、笑止笑止」

周囲の黒装束たちもどっと笑った。

「何が可笑しい？」

左衛門が怒鳴り返した。

大柄な白装束が笑った。

「剣客と名乗る以上は、相当に腕が立つのだろうな」

「試してみるか？」

「おもしろい。剣客相談人とやら、おぬしらの腕前、とくと拝見しようではないか」

「だったら、人質を取るような卑怯な真似をやめて、堂々と立ち合え」

文史郎は白装束を挑発しながら、庭にいる一味をさっと見回した。

白装束姿の修験者が二人、黒装束姿が六人。二人の白装束姿の修験者が、そこにいる一味の頭だと見て取った。

こうやって時間稼ぎをしている間に、小島たちが異変を嗅ぎ付けてくれればいい。

「……か、頭」

座敷の暗がりから、さきほど叩き伏せた黒装束たちが、互いに肩を貸し合ったりして、庭に出て来た。

「頭、その二人、侮れぬ腕前。気を付けなされよ」

黒装束の一人が砕かれた肩を押さえながら悲痛な声を立てた。

「おまえたち、二人にやられたのか?」

大柄な白装束は、黒装束たちを怒鳴り付けた。

「さあ、どうする? 手下たちがやられて恐くなったか。人質を取っておかねば、我らとまともに戦えないか」

文史郎はさらに白装束たちを挑発した。相手を怒らせ、注意を人質から逸らして、自分たちに向けさせ、人質から手を離させる。

「おのれ、よくも手下たちを可愛がってくれたな」

二人の白装束は、善衛門とお内儀を突き離した。善衛門とお内儀は慌てて一塊になっている番頭や女中下女たちに合流した。

これで、人質の心配はなくなった。

二人の白装束は、文史郎と左衛門に真剣を向けた。

大柄な白装束は文史郎に、小柄な白装束が左衛門に刀を向ける。

「おまえたちが、江戸を荒らす月影党とやらの不逞の輩たちか？」

「いかにも、我らは月影党だ」

早く来い、小島。何をしている？

「おぬしらの目的はなんなのだ？」

「世直しだ」

大柄な白装束がいった。

「そのための軍資金を集めている」

小柄な白装束が答えた。

「おぬしらの後ろにいるのは、薩摩か長州か、それとも土佐か、肥前か？」

「笑止。そのいずれとも関係ない。我らは、庶民のための世直しをする月影党だ」

「世直しの党が、押し込みをするというのか？　それでは、ただの強盗団だな」

「黙れ。剣客相談人とやら、拙者がお相手をする」

　大柄な白装束が文史郎に刀を向けた。

「秋月、よせ。大事の前だ」

　小柄な白装束が叫びながら、左衛門に刀を構えた。

「春月、止めるな。手下たちが大勢、こやつにやられた。許せぬ。おれはいま猛烈に腹を立てている。こやつを斬る」

　秋月と呼ばれた大柄な白装束は青眼に刀を構えた。早くも猛烈な殺気が文史郎を襲った。

　文史郎は刀を右八相に構え、刃をくるりと返した。

「これまで峰打ちだったが、いまからは容赦しない」

　文史郎は静かにいった。

「殿、こちらはお任せあれ」

　左衛門も同様に、小柄な白装束に対して、刀を青眼に構えている。

「秋月とやら、それがしがお相手いたす」

　文史郎は八相に構えたまま、庭の白洲に足を進めた。

「誰も手を出すな」

秋月と呼ばれた白装束は命令した。

黒装束たちがさっと左右に引いた。

「秋月、おぬしの流派をきいておこう。何流だ？」

「月影一刀流。相談人、おぬしの流派は？」

「心形刀流」

「名は？」

「文史郎。そう問うおぬしは？」

「月影党副隊長の秋月」

もう一人の白装束が呻くようにいった。

「それがしは、同じく副隊長、春月」

いきなり、秋月の軀が文史郎に向かって、ひらりと飛んだ。

文史郎は一瞬体を躱して向き直った。

秋月は庭の築山の岩の上に跳び移っていた。秋月の背後に十六夜の月が赤く潤んでかかっていた。

秋月は無言のまま、刀を最上段に掲げて構えた。白装束は月光の中で黒い人影になった。

刀を垂直に立てた。秋月の軀が、背後にかかった月の光を受けて、縦一文字の細い影になって行く。

月の光に隠れる?

文史郎は刀を右下段に構え直した。切っ先を地に這わせるようにして、右後方にじりじりと引いて行く。

秘剣引き潮。

月の中で縦一文字になった秋月の影がさらに細長くなり、月光に紛れて消えた。

目眩(めくらま)しか?

次の瞬間、猛烈な殺気が文史郎に襲いかかった。

文史郎は反射的に引き潮の構えを解いて、襲ってくる刀を撥(は)ね上げた。

一瞬早く、秋月の刀は文史郎の小袖の胸許を掠めて切り下げていた。胸にちりりと小さな痛みが走った。

文史郎は撥ね上げた刀を引かず、そのままちらりと目に入った影に突き入れた。

手応えあり。

と、思った瞬間、文史郎の刀は撥ね除けられた。火花が散った。刀と刀の打ち合う音が続いた。

　文史郎は跳び退いた。青眼に構え直した。

　秋月の影は、再び築山の岩石の上に跳び戻っていた。

　こやつ、できる。

　文史郎は胸の着物の襟許が縦に切り裂かれているのに気が付いた。ぱっくりと開いた胸許から、斬られた胸の肌が露出していた。血が着物に滲み出している。

　相手にも刀を突き入れてある。手傷を負っているはず。

　だが、秋月はまた月を背後にして、縦一文字の影になろうとしていた。

　また月影に消えて襲ってくる。

　文史郎は消えようとしている秋月の影に向かって跳んだ。跳びながら、刀を左中段から右上段に払い、秋月の影を斬った。

　手応えがあった。

　一瞬遅れて、秋月の刀が文史郎をめざして振り下ろされた。

　文史郎は築山に飛び降りながら、身を捩(よじ)り、辛(かろ)うじて刀の切っ先を躱した。だが、切っ先は文史郎の右腕と右胸の隙間に刺し入れられていた。

　文史郎は着地し、残心した。呼吸を整え、秋月の次の攻撃に備えた。

秋月の影が岩の上で直立していた。その影が、ふらりとよろめいた。

「……敗(やぶ)れたり」

秋月は斜めに軀を折り曲げ、地べたにどうっと倒れ込んだ。

「秋月！」

春月が刀を構えたまま、秋月に駆け寄った。

「おのれ、文史郎。秋月を斬ったな」

黒装束たちが秋月の周りに集まった。

「秋月様」

「副隊長、しっかり」

春月は秋月を抱え起こした。白装束に見る見る黒い染みが広がっていく。

左衛門が文史郎の胸許を見付けて叫んだ。

「殿も斬られましたか」

文史郎は、初めて、胸の傷が疼(うず)くのを覚えた。

「大丈夫だ。傷は軽い」

文史郎は残心を解いた。

突然、塀の外で鋭い呼子(よぶこ)が鳴った。

「三河屋に押し込みだあ」

「押し込み強盗が入ったぞ」

　忠助親分と末松の声が怒鳴った。

　呼応するように、遠くからも呼子の音が夜空に響いた。

「引き揚げだ。引け」

　春月は周りの黒装束たちに命じた。

　黒装束たちは、怪我をした仲間を背負ったり、肩を貸し、裏口へと移動しはじめた。

　秋月の躯も数人が抱え、運び去ろうとしていた。

　春月が刀を構え、逃げる手下たちの殿（しんがり）を務めていた。

「相談人、今夜は邪魔が入ったので、引き揚げる。秋月を殺（や）られたこと、決して忘れまいぞ。覚えておれ」

　春月は捨て台詞（ぜりふ）を残し、最後に裏口から出て行った。文史郎は追わず、春月たちを見送った。

　左衛門が追おうとしたが、文史郎は止めた。

「爺、逃がしてやれ」

「殿、ほんとうに大丈夫でござるか」

左衛門は心配そうに文史郎を見た。

文史郎は懐紙で血刀を拭いながら、大丈夫、心配するな、とうなずいた。

「助かった、助かった」

「生きていてよかった」

善衛門の女房や番頭たちが、二階から降りてきた奉公人たちと無事を喜び合っていた。

善衛門が元気を取り戻して叫んだ。

「相談人、早くあいつらを追って斬ってくだされ。何をぐずぐずしているのです！このために、金を出して、あんたたちを雇ったんじゃないのですか」

左衛門が刀の血を懐紙で拭いながらいった。

「善衛門、あいつらにもいったことだが、我らはおぬしに雇われた用心棒ではない。奉行所の依頼で、三河屋の警護に来たまでのこと。おぬしたちを助けただけで、ありがたいと思え。こうして、殿も怪我をされているのが分からないのか」

「…………」

善衛門はバツが悪そうに黙った。

裏口から、小島や忠助親分、捕り手たちの一群がどやどやっと走り込んで来た。

「殿、大丈夫でござるか」

　小島が、座り込んだ文史郎に駆け付けた。

　文史郎は小島にきいた。

「それがしのことよりも、あいつらをうまく逃がしたのだろうな」

「はい。わざと逃げ道を作っておきました」

「船で逃げたか？」

「はい。船に分乗して、大川に向かったようです」

「読み通りだな。網は張ってあったのだろうな」

「もちろんです。いま末松たちが舟で、しっかりと尾行しております。必ず、やつらの隠れ家を突き止めて来ることでしょう」

「彼らが襲ったのは、ここだけか？」

「日本橋界隈はここだけでした。ほかに、深川、本所などで何軒かが襲われたという連絡が入っています」

「そうか」

　文史郎はうなずいた。

　左衛門が小島に賊のうちの首領格を一人、文史郎が斬ったことを告げた。

「そうでござったか。で、相手の腕前は？」

「殿が、こうして負傷したほどだ。月影党は侮れぬ剣士を揃えておるようだ」

「ううむ。殿がてこずるほどの剣の腕前といえば、なかなかのものですな」

小島は浮かぬ顔でいった。

女中のお駒が、急ぎ足で文史郎のところにやって来た。

「お殿様、お怪我をなさったそうで。さあ、家の中でお手当てしましょう。どうぞ、お上がりになってください」

「うむ。かたじけない」

文史郎は血が滲み出る胸許を押さえながら、お駒や左衛門に両腕を取られ、座敷に戻った。

まだ、どこか呼子が鳴らされていた。呼子の音は、夜の静寂に長く尾を引いて続いていた。

七

加賀(かが)藩上屋敷近くの路地にある居酒屋おしんは、昼日中から賭場(とば)帰りの折助(おりすけ)たちで賑わっていた。

　賭場は加賀藩上屋敷の足軽部屋で堂々と行なわれていた。賭場の開帳は御法度のはずなのだが、大藩の屋敷の中で開かれた場合、治外法権となって、町方奉行所は手を出せない。

　幕府も、いずれの大藩の江戸屋敷でも行なわれていることなので、一切口出しはできないし、規制するつもりもない。

　それでなくても、幕府諸藩とも大名行列や老中の行列などを行なう上で、員数合わせのため、どこからか中間小者を掻き集めねばならず、人集めに苦慮している。

　そのため、お金次第で藩から藩を渡り歩く渡り中間小者が大勢いて、幕府も諸藩も自分たちのところに、彼らを囲い込むのに必死だった。

　だから、そうした渡り中間小者が諸藩の江戸屋敷の中で、暇を持て余し、退屈紛れに手慰みの賭場を開いても誰も文句をつけず、大目に見る慣習になっていた。

　藩の執政が、御法度だとして、下手に賭場を開くのを禁止などすると、渡り中間小者たちは互いに誘い合い、大挙して辞めてしまい、規制が甘い他藩に移ってしまいかねない。

　そうなると、藩主の登城の際、必要な中間小者の員数を確保できなくなり、規則違反となる。それこそ、幕府の決まりに従わぬとして、藩主は処罰される。

それをいいことに、素行の悪い中間小者たちは、江戸屋敷の中で、賭場は開く、昼間から酒を飲む、怪しげな女を連れ込むなど、やりたい放題だった。

そういうワルの中間小者を、江戸の庶民は、折助と呼んで侮蔑していた。

居酒屋おしんは、各藩の江戸屋敷に巣食う折助たちの溜り場だった。そこで、どこそこの藩邸では給金がいい、とか、今度、お国入りするので、中間小者を何人募集しているとか、そんな話を交換できる場にもなっていた。

玉吉は、いわば居酒屋おしんの昔からの常連客だった。渡り中間小者たちの間で顔でもあった。

玉吉は縄暖簾を潜り、店に入った。

「いらっしゃーい」

看板娘というには、やや年増になったおしんが甲高い声で玉吉を迎えた。

「お、来ているかい?」

「はい。奥に上がってお待ちですよ」

おしんが狭い店の奥に一段高くなった板の間を指差した。奥の板の間といっても、店の土間から上がり框を上がった板の間だ。衝立ての腰高屏風が仕切りになっている。

奥行六尺もない狭い箇所に三人の人相の悪い男たちが、野卑な笑いを浮かべながら、酒を食らっていた。典型的な折助たちだ。

「お、待ったかい？」

玉吉は草履を脱ぎ、板の間に上がった。

「あ、玉吉の兄貴、お疲れさんでやす」

三人の折助たちは、急いで膝を揃えて座り直した。

「飲んでいるかい」

「へい」

「全部、俺の払いだ。遠慮するな」

「へい。ありがとうごぜいやす」

「おーい、おしん、じゃんじゃん酒を持って来てくれ。こいつら、揃って飲み足りなそうな面をしているぜ」

「はーい。ただいま」

おしんが愛想よく答えた。

「おい、達吉（たつきち）、あいかわらずシケた顔をしているな」

「へい。これで、大損こいてしまって」

達吉と呼ばれた男は、壺にサイコロを入れる格好をした。丁半賭博で大負けしたらしい。

「梅吉（うめきち）は、最近、どっかの水茶屋の女に入れ揚げているんだってな。おい、色男」

「いえ、てえして、いい女ではねえんで。金ばかりかかって仕方ねえ女でして。へい」

梅吉は端正な面立ちのいい男だった。ただ、こいつも博打に目がなく、惚れた女を遊廓に売り払った悪業がある。

「金助（かねすけ）、おめえ、またどっかの藩で悪さして、クビになったんだってな。盗みもいい加減にしねえと、町方に捕まるぞ」

「誤解ですよ。あっしは、ちょっと金の文鎮をお借りして、質入しただけのことでやす。あとで返すつもりだった」

「博打で金を返すってか。できっこねえだろう、そんなこと」

「ま、そうなんで」

金助は頭を掻いた。

「ま、兄貴、一杯、どうぞ」

達吉が徳利を差し出した。梅吉が飲んでいた湯呑み茶碗を差し出した。

「ありがとよ」

玉吉は湯呑み茶碗で、達吉が傾ける徳利の酒を受け取った。

一気に湯呑みの酒をあおった。

「はーい。お酒、お待ち遠さま」

おしんが大徳利を三本、盆に載せて運んで来た。

「おう来た来た」

玉吉は三本の大徳利を盆に載せたまま受け取って、三人の前に置いた。盆には、新たな湯呑み茶碗と、漬物の摘み(つま)が添えてあった。

「おう、飲み直そうじゃねえか」

玉吉は大徳利を持ち、達吉たち三人の湯呑みに注いで回った。金助が慌てて、玉吉の湯呑み茶碗に酒を注いだ。

「ところでよ、三人とも、たしか村上藩邸に雇われているんだよな」

「いえ、いまは、あっしだけ、まだ残ってますんで」

達吉が神妙な顔でいった。

「あれ、梅は、もう移ったのか？」

「へい。いまは加賀藩邸でやす」

「金の字は？」

「先輩、人が悪いな。あっしはクビになったばっかりですよ。村上藩邸を」

「あ、そうだった。金の字は、いくつも渡り歩いているから、いまどこにいるのか、分かりゃしねえ。いまどこにいるんでえ」

「水戸藩邸ですよ。いまは、悪さしないよう手を押さえてます」

「そうだぜ、金助。水戸藩邸は、盗みには厳しいらしいぜ。見つかったら、ただじゃ済まねえ。盗んだ手を斬られるってえ話だ」

「ほんとですかい。おっそろしいな」

金助は身震いした。

「ま、せいぜい、悪さしないよう用心するんだな」

玉吉は愉快そうに笑った。そして、声を落とした。

「で、みんな、少しは調べてくれたんだろうな」

「へい」

一同はうなずいた。

「一人ずつ話をきくのは面倒だ。三人まとめて話をきこうか。知っているやつが話してきかせてくれ」

「へい」

「村上藩の伊能竜勝って侍だ。脱藩したって話だが、知っているか？」

「知ってやす」

　達吉がうなずいた。

「どんな男だ？」

「藩主の剣術指南役もしていた侍で、藩主のお気に入りだったとか。それで、殿のお気に入りの側女(そばめ)を拝領した」

「なに、拝領妻だと？」

「それがお絹という名のほんとうにいい女でして、藩士の連中は皆伊能竜勝を羨ましがっていました」

「そうそう。あんないい女子が払い下げられるなら、何もいらんと思った」

　と梅吉。

「どんな男なのだ？」

「堅物で、融通が利かない男ですぜ」

　と金助。

「おまえが融通利きすぎるんじゃねえの？」

達吉が金助をからかった。

「伊能竜勝は、なんで脱藩したのだ?」

「藩主の内藤信和様が明日も分からぬ重い病にかかり、お世継ぎ争いが起こったんです。その拝領妻のお絹様が伊能竜勝との間に男の子を作った。それが、噂によれば、内藤信和様の隠し子ではないか、となり、伊能竜勝お絹親子は城代家老派に命を狙われた。それで、脱藩して江戸に逃れたということでしたね」

「いまお世継ぎ争いは、どうなっているのだ?」

「筆頭家老派と城代家老派が対立していたのだけど、最近手打ちがあったらしく、正室の娘に婿養子を迎えて、世継ぎにするということで妥協した、ということだけど」

「もう、その婿養子は入籍したのか?」

「まだらしいんで」

「じゃあ、まだ世継ぎ争いの火は燻(くすぶ)っているな」

「たぶん」

「その伊能竜勝なんだが、いま母子を残して、出奔してしまったそうなのだ。おめえたち、伊能竜勝の行方を知らないか?」

「知らねえ。な、みんな」

「そんな噂もきいていなかったかい？」

「きいてないですね」

三人は顔を見合わせ、頭を左右に振った。

「脱藩する前、伊能竜勝と親しかった藩士は誰だった？」

「いるにはいやしたが、いま、付き合っているかどうかは分からない」

金助が頭を傾げた。

「誰だ？」

「木内勇之進。足軽頭でやしたが、下士にもなれず、うだつが上がらぬ男でしたが、剣はめっぽう強ええやつでやした。伊能竜勝とは剣術仲間で親しかったはず。木内もまた出奔した」

「いまは、どこに住んでいる？」

「調べておきましょか？」

「うむ。頼む。ほかに、伊能竜勝絡みの話はないか？」

「何度か、伊能竜勝様の御供をしたことがありやす。そんときは、妙な寺を訪ねておられた」

達吉がぼそっといった。

「妙な寺院だと？」

「上野(うえの)の森近くにある廃寺だった」

玉吉は訝(いぶか)った。

「伊能竜勝は、何をしに、そこに？」

「へい。あっしのときは、そこで人を待ち合わせていた」

「相手は誰だ？」

「……女でした」

「なに、女だと？　ちゃんと話せ」

「へい」

達吉はぼそぼそと話しはじめた。

第三話　月影党秘録

一

左衛門の肩を借り、大瀧道場に着いたときには、夜は白々と明けていた。

道場の朝は早い。台所から朝餉の煙が立ち、道場の玄関先を下女のお清が箒で掃き清めていた。

お清は文史郎と左衛門を見ると、慌てて道場に駆け戻り、弥生を大声で呼んだ。

文史郎は道場の式台に腰を下ろした。

お清の声に何ごとかと駆け付けた弥生は、式台に座り込んでいる文史郎を見ると顔色を変えた。

すぐさま下女のお清に湯を沸かし、清潔な手拭いを用意するよう指示した。

「文史郎様、そのまま、お上がりになって」

「弥生、大丈夫だ。心配いたすな」

「殿、お足を洗います」

左衛門が足洗いの桶を持って来た。

「私がやります」

弥生は左衛門から桶を奪い、その場にしゃがみ込んで、文史郎の両足を丁寧に洗った。

「弥生、そのくらいは自分でできる」

「弥生のいう通りになさって」

弥生は有無をいわせず、左衛門といっしょに、奥の客間に文史郎を連行した。

座敷に入ると、弥生は文史郎を立たせたまま、血だらけの小袖を脱がせ、下帯(したおび)だけの裸にした。

体を動かすたびに、胸の傷がちりちりと疼くが、大した痛みではない。

「弥生、大丈夫だと申すのに……」

「黙って」

弥生は真剣な眼差(まなざ)しで文史郎の右の胸に縦一文字に斬られた傷を調べた。

傷は深くはない。切っ先で撫で斬りされた傷だ。血糊(ちのり)が厚く固まって傷を塞ぎ、血も止まっている。

弥生はそっと確かめるように、傷痕に指を這わせた。血は止まっている。ようやく、弥生はほっとした顔でうなずいた。

「よかった。……」

弥生はあらためて、まぶしいものを見るような目付きで、文史郎の裸身を見つめた。

「弥生様、お湯をお持ちしました」

お清が湯を入れた桶を運んで来た。

「清、居間から塗り薬を持って来て。それから、きれいな晒(さら)しと着替えの浴衣(ゆかた)も」

「はい」

お清は廊下に小走りに出て行った。

弥生は湯に浸した手拭いを硬く絞り、文史郎の胸の傷の周りを拭いはじめた。愛(いと)しいものに触れるように。

「もう、いいか？」

文史郎は照れ臭かった。下帯一丁の姿では、やや肌寒く、どうも心許(こころもと)ない。

「弥生殿は、まるで奥方様のようですな」

左衛門が笑った。

「まあ。……からかわないでください」

弥生は恥ずかしそうに顔を伏せた。

廊下からお清が戻って来た。

「はい、弥生様、お持ちしました」

お清が着替えの浴衣と、富山の塗り薬の二枚貝を差し出した。

「文史郎様」

弥生は浴衣を優しく文史郎の背に掛けた。

それから、また文史郎の前に回り、貝の血止めの塗り薬をたっぷりと指に付け、縦筋になった傷痕に塗っていく。

それが終わると、洗い立ての手拭いを二つ折りにして、傷にあてた。その上に、真っ白な晒しをあて、肩から胸にかけてぐるぐる巻きにした。

包帯を掛けるのが終わると、あらためて、洗いざらしの浴衣を文史郎の肩に掛けた。

「済まぬ」

文史郎は浴衣の袖に腕を通した。晒しを固く軀に巻いているので、身動きしにくくなっていた。

「さ、これで、しばらく無理な動きをしない限り、傷口は開かないと思います」

弥生は満足気にうなずいた。

「文史郎様、左衛門様、お二人とも、ひどいお顔をしておられますよ」

「うむ。左衛門もそれがしも、ろくに眠っていない」

「さようでございますな。その上、大勢を相手にした立ち回りだったのですから」

左衛門が疲れた顔でいった。

「ご朝食は？」

「それがしはいらぬ。ともかく寝たい」

「分かりました」

弥生はお清を呼んで蒲団を敷くようにいった。

「お二人とも、ゆっくりお休みください。お話は、起きられてから」

お清と弥生は押入れから蒲団を出し、客間に延べた。全部を敷き終わらぬうちに、文史郎は蒲団に倒れるように、体を横たえた。ふかふかの蒲団から、お日様の匂いがする。

「お休みなさい」

弥生がそっと褞袍(どてら)を体の上に掛けてくれるのを感じながら、文史郎は奈落(ならく)の底に落ちていった。

二

文史郎が目を覚ましたのは、その日の午後遅くだった。

道場から激しく袋竹刀を打ち合う音や、床を踏む足音、甲高い気合いがきこえた。

「殿、起きられましたな」

左衛門も起きたばかりの様子だった。

「いま何刻(なんどき)かな?」

「間もなく、夕餉の時刻らしいです」

どこからか御飯の匂いが漂って来る。

腹が空いていた。腹の虫が恥ずかしいほどに鳴き喚いている。

「朝食も摂らずに、いまのいままで眠っていたのですから、腹が空いても無理ありません」

「そうだのう」

障子戸を開き、庭を見た。日差しが斜めに差し込み、庭木の長い影を作っている。

「ああ、よく眠った」

文史郎は褞袍を撥ね除け、敷き蒲団に仰向けになって寝そべった。

十分に睡眠を取ったせいか、気分は爽快だった。目を瞑ると、秋月との立ち合いが鮮やかに思い起こせる。

十六夜の月を背にした秋月の構えを思い出した。

月影に身を隠す、その一瞬に秋月は刀を斬り下ろして来た。

もう一寸、いや五分でも、秋月との間合いを詰めていたら、確実に右肩口から胸にかけて斬り下ろされ、絶命していたところだ。

月影流、恐るべし。

昨夜は十六夜だった。だんだんと月は欠け、いずれ新月になる。そうなったら、月影流は、いかなる剣を使うというのか？

文史郎はあれこれと思いを巡らした。

廊下に摺り足がきこえ、やがて人の気配が部屋の前で止まった。

そっと襖が開き、弥生の顔が覗いた。

「文史郎様、お目覚めになられたのですね。よくお休みいただけましたか？」

「うむ。お陰で、ぐっすりと眠った。夢も見なかった」

「傷は痛みますか?」

「うむ。大丈夫そうだ」

文史郎は軀を起こした。晒しを巻いているので、少し動きが窮屈だが、胸の傷の痛みはほとんどない。

「爺、起きよう。あまり休んでいると軀が鈍(なま)る」

「さようでござるな」

文史郎は起き上がり、蒲団を半折りに畳んだ。左衛門は畳んだ蒲団を押入れに上げた。

文史郎も蒲団を上げようとしたが、胸に鋭い痛みが走り、顔をしかめた。

「文史郎様、無理はなさらぬよう」

弥生が慌てて入り、文史郎の折った蒲団を抱えて押入れに押し上げた。

「済まぬ」

弥生は稽古着姿だった。汗の香と弥生の芳しい匂いが入り混じって鼻孔を刺激した。

弥生は恥ずかしそうに目を伏せた。

「汗臭いでしょう?」

「いや」文史郎は頭を振った。

「いま、汗を拭いて、着替えて参ります」

弥生は急いで部屋を出て行った。

左衛門は見送りながら、頭を振った。

「弥生殿は、ますます女らしくなりましたなあ」

「うむ。早く、いい男に巡り合えばいいのだが」

「殿、それは本音ですかな」

左衛門は文史郎の心を見透かしたようにいった。

左衛門にはいわないが、半分本音、残る半分は、自分の身近にいてほしい、という思いだった。

左衛門がなにかいいかけたとき、庭に人の気配があった。

「殿、いらっしゃいますか？」

庭の人影が縁側の前に座った。左衛門が障子戸を開いた。玉吉が縁側の前にしゃがんでいた。

左衛門が上がるようにいった。玉吉は遠慮して固辞した。

「玉吉、何か分かったか」

「いくつか、分かりました。まず両国橋の広場から老絵師の玄斎と伊能竜勝殿を乗せた舟の船頭によると、二人は亀島橋近くの船着き場に行くようにいい、そこで降りたとのことでした」

「なに、亀島橋の船着き場だと？」

文史郎は左衛門と顔を見合わせた。

亀島橋は文史郎たちの住む安兵衛店の近くの掘割に架かった橋だ。

「二人は船着き場から陸に上がると、にこやかに話しながらいっしょに連れ立って去ったそうです」

「さようで」

伊能竜勝が住んでいる益衛門店も、亀島橋から遠くはない。

「絵師の玄斎も、我々が住む界隈に住んでいるということか」

「ほかには？」

「村上藩に出入りしている折助たちから、いろいろな噂を聞き込みました」

「どんな噂だ？」

「伊能竜勝殿が江戸にいるとき、親しくしていたのは木内勇之進という足軽頭でした」

「足軽頭と親しかった？」

伊能竜勝は上士の身分である。足軽は士分ではないが、軍役を担う卒分で、大小二刀を帯し、羽織も着ることができた。だが、いくら足軽頭ではあっても、普通、上士と親しくなることはない。

「伊能と木内は、いったい、どういう間柄なのだ？」

「二人は江戸詰めの際、同じ町道場に通う兄弟子で、いずれ劣らぬ剣の遣い手だったとのことでした」

「なるほど、道場仲間ということか」

「それだけでなく、木内勇之進には別嬪さんの妹茜がおり、噂では伊能竜勝はその妹といい仲だったようだというのです」

「ふうむ」

「伊能殿は、密かに寺などで、墓参りを口実にして、その妹と逢っていたそうなのです」

「まだお絹殿と夫婦になる前のことだろう？　若いのだから、まま、そういうこともあろうな」

文史郎は左衛門と顔を見合わせた。

「その木内勇之進ですが、伊能竜勝が脱藩して間もなく、やはり藩の足軽を辞め、住んでいた足軽長屋を出て行ったそうなのです」

「木内は、いまどこにいるのだ？」

「折助たちに調べさせています。分かり次第にお知らせします」

「うむ。ほかに分かったことは？」

「ひとつあります。伊能竜勝殿は、江戸詰めのころ、しばしば深川の小料理屋で、浦上進之介（うらがみしんのすけ）という薩摩藩士らと会って密談していたらしいです」

「どうして、会っているのが分かったのだ？」

「伊能殿のお供をしていた中間からききました」

「薩摩藩士の浦上進之介と密談？　その浦上と申すは、いったい、何者だ？」

「西郷吉之助（さいごうきちのすけ）の部下だという噂です」

文史郎は左衛門と顔を見合わせた。

西郷吉之助は、薩摩藩の御庭番頭との噂が高く、さまざまな陰謀をめぐらす策士とされていた。

「何を密談しておったというのか？」

「おそらく村上藩内の勤王派との連携についてか、と」

玉吉は声をひそめた。

「中間たちの話では、伊能は藩内では勤王派だったそうなのです」

「村上藩は、佐幕(さばく)派なのか？　それとも勤王派なのか？」

「藩論はほぼ二分されているようです。藩主や筆頭家老らは、あくまで幕府支持で、会津(あいづ)藩や庄内(しょうない)藩との絆(きずな)を深めようとしている。それに対して、勤王派は伊能竜勝ら少数派で、そのどちらでもない中間派が城代家老派だそうなのです」

「玉吉、その村上藩内の勤王派の動きと、伊能の出奔とは何か関係があると申すのか？」

「それは分かりません。ただ、伊能殿たちが、薩摩藩の浦上から、なんらかの支援を受けていたのではないか、と思います。伊能殿の出奔に、どうも薩摩藩の過激派の陰謀が絡んでいるのではないか、と」

「玉吉、その根拠は？」

「……勘でございます。あっしら、同じような裏の世界に棲んでやすんで、そんな余計な勘が働くんでやす」

文史郎は腕組をし、考え込んだ。

「ううむ。たとえば？」

「このところ、流行(はや)っている、一連の豪商への押し込み強盗でやす。やっている連中は、月影党と名乗っておりやすが、どうも、やつらの背後に、薩摩か長州の過激派がいるんじゃねえか、と。もしかして、伊能竜勝の出奔も、そんな過激派の陰謀とどこか関係があるかもしれねえ、と。そんな気がするんでやす」

「ははは。玉吉の考え過ぎではないのか？」

「ならば、いいんですが」

玉吉ははにかんだように笑った。

「余の読みでは、話はもっと簡単な筋書きではないか、と思うのだ」

左衛門が怪訝な顔をした。

「殿、どのような筋書きでございます？」

「余の考えでは、伊能の出奔の陰には、木内の妹茜がいるような気がしてならない」

「ははあ」左衛門は考え込んだ。

「伊能は藩主内藤信和殿の愛妾を拝領したが、その前に、実は木内の妹茜といい仲になっていた。江戸に上がり、その茜と再会し、逢瀬を重ねた。そして、拠所(よんどころ)なきことが起こり、伊能はお絹を捨てて出奔した」

「その拠所なきこととは何です？」

「たとえば、だ。茜が伊能の子を身籠もったとか……」

「なるほど。殿の場合も、昔、如月様との間で、そのようなことがありましたな」

左衛門はにやっと笑った。

「爺、いまは伊能の出奔についての筋読みをしておるのだ。余計なことをいうな」

文史郎は左衛門に玉吉の前でと目配せした。玉吉は笑いを堪え、下を向いていた。

「しかし、殿、伊能殿はお絹殿に必ず戻ると置き手紙をしていましたが、二度とお絹殿のところには戻らぬつもりなのですか？」

「それは分からぬ。伊能が決めることだ」

「殿だったら、どうします？」左衛門がきいた。

「余だったら、あのようないい女を女房にしていたら出るようなことはせんな」

「浮気者の殿がねえ」

左衛門は疑いの目で文史郎を見た。

「爺、なぜ、余に話を振る。いまは、伊能の話だろうが」

左衛門は頭を振った。

「お絹様の留守の間に、二十両を置いたのは、手切金だったのですかね？」

「いや、伊能のせめてものお詫びの気持ちだろうな。きっとまた金を得たら届けるつもりだろう。余ならそうするが……」

「しかし、伊能は金を持っていなかったそうです。いったい、何で稼いだお金なのか？」

「きっと、伊能は悪いことに手を染めたのだ、と思う。茜とお絹殿のために。だから、お絹は伊能を心配しておるのだろう」

「なるほど」

「余の勘だが、伊能竜勝の出奔には、どうも、その裏に木内兄妹がいるような気がしてならない」

文史郎は改めて玉吉に向いた。

「玉吉、妹の茜はいまどこにいる？　茜は、兄者の木内勇之進といっしょなのか？」

玉吉は頭を振った。

「さあ、分かりません」

「調べてくれぬか」

「はい。分かりました。調べてみます」

「ところで、いま我々は奉行所の依頼で、押し込み強盗の探索も手伝っている。さっきの話だが、事件の裏に薩摩が絡んでいるかもしれないという話がほんとうならおもしろい。月影党について、何か存じておるか？」

「いえ、まだ詳しいことは」

「月影党について、調べてくれぬか」

「はい。分かりました」

「爺」

　文史郎は左衛門に目配せした。

「殿、何でござろうか？」

「爺、軍資金だよ、玉吉もただ働きは辛い」

　文史郎は小声でいった。左衛門はすぐに気付いて、懐ろから財布を取り出した。

「左衛門様、大丈夫です」

「そういわずに取っておけ。相手から話を聞き出すのに、これが一番の鼻薬(はなぐすり)になる」

「じゃあ、ありがたくいただきやす」

　玉吉は遠慮がちだったが、手を出し、左衛門からいくばくかの金子(きんす)を受け取って、懐にねじ込んだ。

「少々、お時間をください」

　廊下に人の足音がきこえた。弥生が戻って来る。

「では、あっしは、これで失礼しやす」

玉吉は、ちょこんと頭を下げ、小走りに裏木戸へ消えた。

「誰か、来ていたのですか？　話し声がしましたけど」

着物姿に着替えた弥生が廊下から顔を出した。

「うむ。いま、玉吉が来て、いろいろ話をきかせてくれた」

「どんな話でした？」

「それはおいおい話す。それよりも、弥生の聞き込んだ話を知りたい」

「私も、ご報告することがあります」

文史郎は座敷に座り直した。左衛門も障子戸を閉め、文史郎の隣に正座した。

弥生は文史郎と向かい合って座った。

「お絹様が女同士でないときけない本音を、話してくれました」

「そうか。それでなんと申しておった？」

「伊能竜勝様は、出奔する前、吉原に通っていたらしいのです」

「なに？　吉原に通っておったというのか？」

文史郎は左衛門と顔を見合わせた。

弥生は声をひそめていった。

「はい。お絹様は、伊能竜勝様が出奔したのは吉原に好きな女子ができたからではないか、と疑っておられました」

「伊能に吉原の花魁がいた？」

文史郎は唸り、腕組をした。

左衛門は空気が洩れるような音を立てて笑った。

「殿の筋読みとは、また違う読み筋が出て来ましたな」

「どういうことですか、違う読み筋というのは？」

弥生が怪訝な顔をした。

「玉吉の聞き込みでは、伊能にはお絹様と夫婦になる前から付き合っていた娘がいたらしいのだ」

左衛門が木内勇之進と妹の茜のことを、かいつまんで弥生に話した。

「まあ、そんな話もあったのですか。驚いた。お絹様は御存知ないでしょうね」

「弥生、お絹殿に、いまの話をするでないぞ。ろくでもない折助たちから聞き込んだ噂だ。間違いかもしれないのでな」

「はい。分かりました。余計なことは申しません。お絹様の話の方が、ほんとうかもしれませんし……」

弥生は文史郎に、お絹からきいたことを話しはじめた。

「お絹殿は、誰から伊能の吉原通いの話をきいたのだ？」

「水茶屋の常連で、お絹様に気がある本所の蔵元卍屋の富兵衛だそうです」

「卍屋の富兵衛？　きいたことのある名だな」

左衛門が口を挟んだ。

「殿、先日、押し込み強盗の被害に遭った豪商の主ですよ」

「富兵衛は、どうやら、吉原にも詳しくて、伊能殿が吉原の誰と懇ろかを知っているらしいのです。それに伊能殿が連れ立っている侍たちも知っているらしく、そうしたことを調べてあげるから、その替わりに、とお絹様を口説こうとしているようなのです」

「けしからん男だ。人の弱みに付け入って口説こうとするなんて。許せん男だ」

左衛門は憤慨した。

「弥生、明日にでも、卍屋にあたってみるか？」

「相手の花魁が分かったら、吉原にも乗り込みましょう。文史郎様たち、男の遊び場がどんなところか、一度見ておきたいので」

弥生は、きっとした顔を文史郎に向けた。

三

「ほう、そう来たか」

夏目老人は腕組し、盤上の駒をじっと睨んだ。

文史郎も盤上の駒を眺め、夏目老人の次の一手を読んだ。読み通りに行けば、十三手先で詰みになる。最後の最後に仕掛けた会心の一手だった。

夏目老人は長考に入った。必死に、玉が詰められない手を考えている。

文史郎はキセルに莨を詰め、火鉢の中の炭火に押しつけて、煙を喫った。

自分の読みでは、圧倒的に自分の方が優勢だった。最後の玉を詰めるまで、ほぼ完璧に読み切ったという自負があった。

莨を喫みながら、文史郎は狭い部屋の中を見回した。家具はといえば、文机と手文庫、それに堆く積まれた和漢書の山。机の上の硯箱や筆立てにあるたくさんの筆。絵筆や硯箱もある。墨絵を描いたらしい和紙が硯箱の脇にきちんと畳んで置かれている。

「夏目様、つかぬことをお尋ねしますが、もしや、絵師の玄斎様ではござらぬか？」

「さようだが」

盤上にピシリと駒を叩きつけるように置く快音が響いた。

いかにも、これは勝負手だという勢いが籠もっている。

やはり、夏目老人は玄斎だったのか。

「これしか手はあるまいて」

夏目老人こと玄斎は自信ありげに呟いた。

文史郎は夏目老人の打った駒に目を剝いた。

なに？　こんな手があったか？

盤上には、銀が新たに張られていた。

それも自陣深く飛車の斜め後ろの死角に銀が張られている。飛車取りだ。

思いもよらない手だった。まったく読んでいなかった一手だった。

なぜ、こんなことになると、気付かなかったのか？　こんな手があったとは。

「わしが玄斎だったら何だというのかな？」

ちらりと夏目老人に目をやった。夏目老人はキセルを吹かしながら、じっと盤面の駒を睨んでいた。

「……夏目様は両国橋の広場で、地回りの連中からいちゃもんをつけられた。そこへ、たまたま通り掛かった浪人者の伊能竜勝殿に助けられましたね。その後のことをおききしたかったのです」

「その後の何を訊きたいのだね？」

「その後、しばらくして、伊能竜勝殿は女房子供を長屋に残して、出奔してしまったのです」

「ほう。それで」

「もしや、伊能竜勝殿が出奔して、どこへ隠れたのか、御存知ないかと」

文史郎はなぜか心が動揺した。思考が乱れ、冷静に十手先を読むことさえ難しい。

ええい、ままよ。

文史郎は、しっかり先を読むのをあきらめ、ともあれ、飛車を摘み、並んだ歩兵の壁の後ろに移動させた。とりあえず飛車取りから逃れることができる。

夏目老人はすかさず桂馬を上げ、歩の壁越しに、ぴしりと盤上に張った。またも飛車取りだ。

「桂馬の高飛び歩の餌食（えじき）、と」

文史郎は歩を突いて、桂馬を取った。その瞬間、臍（ほぞ）を噛んだ。

「待った……」

「真剣勝負に待ったはなし」

夏目老人は勝ち誇った声でいった。

「ううむ。仕方ないですな」

動揺し、ろくに考えずに指した手だ。

歩を突けば敵の角道を開く。それは読んでいたつもりだったが、飛車を守ろうと焦り、指し手を間違えたのだった。

案の定、敵の角行が深々と自陣内に飛び込み、裏返って竜馬に成った。

夏目老人の銀の一手が形勢逆転のきっかけだった。

それまで文史郎に有利だった局面は一変し、文史郎に不利な盤上になっていた。

「…………」

文史郎はじっと盤上の駒を睨んだ。敗色濃い局面を、どう逆転したらいいのか？

夏目老人は余裕でキセルを吹かしている。

文史郎は飛車の逃げ場を探して苦慮した。どこへ飛車を逃しても、つぎつぎに襲ってくる手駒に次第に追い詰められて行く。

だめだ。このままでは飛車は逃げ場を失って頓死する。

文史郎は腕組をし、心の中で唸った。

飛車を失えば、攻めの飛び道具を敵に渡すことになる。敵の持ち駒は、飛車のほか、金、銀、桂馬、歩兵三で詰めに入る。一発、逆転の手はないものか？

文史郎は盤上を睨み、頭の中で、あれこれと駒を動かしながら、形勢逆転の一手を考えた。

夏目老人はさり気なく訊いた。

「胸の怪我の具合は、いかがかな？」

「はあ？」

文史郎はなんのことか、と訝った。

「先日、月影党の剣の遣い手と斬り合ったのであろう？」

「あ、はい」

「相手は秘太刀を使ったそうだな」

「なんのことでござるか？」

文史郎は晒しを巻いた胸に鈍い疼きを覚えた。頭が混乱し、先の手がまったく読めなくなった。

「ははは。おぬしが立ち合った相手だよ。月影流の秘太刀を、うまく躱し、相手を倒した。だが、おぬしも胸に手傷を負った」

「どうして、そんなことを御存知なのですか？」

文史郎は驚いて夏目老人を見た。

夏目老人こと玄斎老は、誰にきいたのだ？

「ふうう」

夏目老人は煙を吐き、キセルの首を煙草盆の灰入れの竹筒にぽんぽんと叩きつけて莨の灰を中に落とした。夏目老人の瞳が一瞬、異様に光った。目に殺気が走った。

「なぜ、わしが、そんなことを存じておるのか、というのか？」

「はい」

文史郎は夏目老人が只者ではないと本能的に感じた。背筋にぴりりと、ひんやりした戦慄が走った。

もしかして、夏目老人は月影党の仲間なのか？

夏目老人は、文史郎から目を外さず、ゆっくりと懐手をした。凄まじい剣気を放っている。

懐剣を懐に呑んでいる？

文史郎は近所ということもあって、身に寸鉄も帯びていなかった。

覚悟を決めた。もし、懐剣を抜いて襲いかかってきても逃げるつもりはない。軀が思うままに反応して戦うしかない。

　肝が据わると、動揺しなくなった。来るなら来い。懐剣で刺されても、相手の首をへし折る。そのくらいの力は持っている。

　夏目老人はにんまりと笑い、懐手を出した。手にしわくしゃの紙が握られていた。

　一気に剣気がしぼんだ。

「おぬし、本日の瓦版『読売』を見ておらぬのか？」

　文史郎は訝った。

「瓦版？　見ておりません」

　文史郎は半信半疑で夏目老人を見つめた。

「ほれ、これだ」

　夏目老人は懐から四折りにした瓦版を取り出し、文史郎に広げて見せた。黒々と大書した文字が躍っている。

『長屋の殿様剣客相談人大館文史郎、月影党七人衆の一人秋月の月影流秘太刀を敗り、絶命させる』

　文史郎と覚しき歌舞伎役者風の侍が、大刀をかざし、白装束の修験者の賊たちと大立ち回りをしている錦絵があった。

文史郎を描いた剣客相談人は、似ても似つかない役者姿だった。対する敵の秋月は、文史郎よりも美剣士に描かれている。

文史郎は溜め息をついた。

いったい、誰がこんな瓦版を書いたのだ？　あの場に瓦版屋はいなかった。誰かが、あの場の様子を瓦版屋に話したのに違いない。

「文史郎殿、おぬしの番だが」

「これは失礼。では、こうします」

文史郎は前線に上がっていた銀将を進め、歩兵の一枚を取った。歩の後ろにいた敵の金将と、味方の銀将が頭を突き合わせた。

「王手飛車取り」

夏目老人こと玄斎の静かな声が響いた。

「殿は、いらっしゃいますか？」

油障子戸越しに小島啓伍の声がきこえた。返事をする間もなく、障子戸ががらりと引き開けられた。

小島が顔を覗かせた。

「殿、月影党の隠れ家を見付けました」

小島は小声でいった。

「そうか。よくやった。いま長屋に戻る。爺がいるから、うちの部屋で待っていてくれ」

「分かりました。では、失礼します」

小島は夏目老人に頭を下げ、油障子戸を閉めた。

夏目老人は腕組をし、文史郎を見つめた。目にはいつもの柔和な光が宿っていた。

「忙しそうだな。どうかな？　この勝負、別の日に続けますかな？」

「いや。それがしの負けです。どう見ても挽回できそうにない。ここで投了させていただきます。畏れ入りました」

文史郎は将棋盤を前にして座り直し、夏目老人に頭を下げた。

四

長屋に戻ると、左衛門と小島啓伍が番茶を飲みながら話し込んでいた。

「殿、忠助親分たちが密かにやつらを尾行し、ようやくやつらの隠れ家を突き止めましたよ」

「でかした」

　文史郎は二人の前にどっかりと座り込んだ。

「それで、いったい隠れ家はどこだったのだ？」

「葛飾にある廃寺の正国寺でした」

「葛飾の正国寺？」

「大川を遡り、吾妻橋を越えますと右岸に水戸藩下屋敷が見えて来ます。その水戸殿の手前の掘割に入り、水戸殿の裏手に進むと、広い田圃地帯になる。梅林や雑木林があって、その雑木林の中に隠れるようにして、廃寺が建っているんです。昔は正国寺といって、だいぶ繁盛したらしいのですが、いまは荒れ果てて、無人の廃屋になっていた。そこをやつらは根城にしていたのです」

「そうか。では、あとは奉行所が一味を一網打尽にかけるだけだな」

「それが、まだ問題があります」

「どういう問題だ？」

「元正国寺に逃げ込んだのは、全員ではないんです。やつらは、日本橋の三河屋を襲ったあと、三手に分かれて逃げたんです。末松たちは、そのうちの組頭と思われる白装束の一味を尾行したのですが、ほかの二手は追跡できなかった」

「なるほど。月影党は正国寺以外にも、どこかに隠れ家があるというのだな」

「はい。同じ夜のほぼ同じ時刻に、三河屋以外に四軒の店や問屋が襲われていた」

「どこが襲われたというのだ？」

「本所の蔵元、品川の船問屋、深川の木材問屋、神田の油屋です」

「襲ったのは、やはり月影党なのか？」

「はい。やつらは家人を縛り上げ、堂々と月影党を名乗ったそうです。今度の襲撃の特徴は、借金の証書や帳簿ではなく、蔵を開けさせ、金子（きんす）を奪ったことです。総額で千両は下らない金額です」

「ほう。月影党は高利貸しの借金解消を狙った徳政令の強要をしていたので、正義の味方かと思っていたのだが、ただの強盗に成り下がったか」

　文史郎は左衛門と顔を見合わせた。

「殿、所詮、押し込み強盗は押し込み強盗ですよ。世の中、義賊なんぞいるわけがない」

　小島が付け加えるようにいった。

「ああ、それから、前回の襲撃では死人は出なかったですが、今回は、いずれも斬られて死んだ者が出ています」

文史郎はうなずいた。

「三河屋では、余が頭(かしら)の白装束を斬ったからな」

「いや、月影党側の死傷者は入っていません。あくまで被害にあった商家側の犠牲者です。店が雇った用心棒とか、月影党に逆らった番頭が見せしめに斬られている」

「いうことをきかない者への見せしめか。月影党は、いよいよ本性を現して来たというわけですな」

左衛門は頭を振った。文史郎も思った。

月影党は、これまでの脅しだけの姿勢をかなぐり捨て、人斬りも辞さない凶悪な組織に化した？

文史郎が小島に尋ねた。

「三河屋を襲った連中の頭たちは廃寺の正国寺に逃げ込んだことが分かったというが、ほかの四軒を襲った月影党の連中については、どこに逃げたのか、分かっておるのか？」

「いえ。まったく不明です」

小島は唇を噛んで、頭を左右に振った。

奉行所の与力同心たちは、月影党に翻弄(ほんろう)されている。

三河屋はたまたま文史郎たち相談人がいたから、月影党に適切な対応ができたが、ほかの襲撃現場では、捕り手たちは後手を踏み、後始末に追われるだけで、月影党のあとを尾けるといった余裕も考えもできなかったはずだ。

文史郎は素朴な疑問に戻った。

「いったい、月影党一味は、どのくらいの大きさの組織と見ておる？」

小島は腕組をし、考え込んだ。

「これまでの聞き込みですと、一件あたり、月影党の襲撃隊は、おおよそ七、八人から十二、三人でした。ですから、月影党の員数の合計は、およそ三十数人から六十数人と見られます」

「そして、各隊を一人の白装束の侍が率いているというのだな？」

「そうです。ただ三河屋を襲った隊だけ白装束の男が二人だったので、これが月影党の本隊ではなかったか、と」

文史郎は、彼らのやりとりを思い出した。

二人の白装束の侍は、副隊長の秋月、副隊長の春月と名乗った。文史郎は立ち合いの末、秋月を斬った。

「月影党には剣の遣い手である七人衆がいるということです」

「月影七人衆？　どうして、そうと分かったのだ？」

「襲われた商家の者たちによると、月影党の黒装束たちが仲間内で誇らしげに言い交わしていたそうです。さすが、月影七人衆様だ、と。七人衆がいる限り、我らが月影党は負けることはない、と」

文史郎は考えた。

今回も前回も月影党は同じ夜に、五隊で五カ所を襲った。五隊には、それぞれ一人ずつ頭らしい白装束がいた。それで五人。今回、三河屋を襲った隊には、もう一人白装束がいた。これでしめて六人。彼らが七人衆に違いない。

七人衆という以上、このほかに月影党の幹部として、もう一人いるということなのだろう。尤も文史郎が一人を斬ったので、いまは六人衆になるが。

残る六人衆の中に、弥生がいうように、ほんとうに伊能竜勝がいるのだろうか？

文史郎は、伊能竜勝がいないことを心の中で祈った。

「それで、月影党の隠れ家のひとつを見付けたところで、奉行所は、いかがいたすつもりだ？」

「用意が整い次第に、隠れ家の正国寺を急襲する計画です。いまは、忠助親分たちが隠れ家近くに張り込み、やつらの出入りを監視しています。寺にできるだけ多くの月影党が集まった時点で、急襲してやつらを一網打尽にしようとしています」

「打ち込むときは、我らにも報せてくれぬか。我らも応援したい。もしかして、月影党一味に、伊能竜勝がいるかもしれないのでな」

「分かりました。手配しておきます」

小島はこっくりとうなずいた。

「それから、関連して、大事なお話が」

「なんだね」

小島はあたりに目を走らせ、人の気配がないことを確かめながら、小声で話した。

「実は、今朝、奉行所に新たな脅迫状が月影党から届けられました。来たる八月の仲秋の名月の夜、市内五カ所の豪商宅を一斉に襲うという予告でした」

「八月十五日、満月の夜ですな」

左衛門がいった。

「月影党らしいのう」

文史郎はかすかに笑い、腕組をした。

「で、襲うと予告した豪商の名は？」

「名は分かりません」

小島は頭を左右に振った。

「しかし、月影党は、奉行所だけでなく、個別に襲う豪商にも、きっと脅迫状は送り付けていることでしょう。そのうち、そういう商店主が恐ろしくなり、脅迫されていると、奉行所に通報して来ると思います」

「そうか。そうなると、さらに忙しくなるのう」

文史郎は腕組をしたまま天井を仰いだ。

そのとき、頭上でみしっという軋み音がきこえた。

左衛門の反応が早かった。手早く刀を引き寄せ、屋根裏を睨んだ。

「殿、ご用心を。曲者(くせもの)にござる」

「うむ」

文史郎は小島にも目配せした。小島もうなずいた。

左衛門がまず動いた。土間に飛び降り、油障子戸をがらりと引き開けた。

文史郎と小島が左衛門に続いて、細小路に飛び出した。

「曲者!」

左衛門は細小路に出たとたんに叫び、長屋の屋根の上の黒装束姿が身を縮めた。

文史郎が屋根を見上げたときには、すでに黒装束は屋根の向こう側に姿を消すところだった。

左衛門と小島が木戸から飛び出し、黒装束を追った。

左衛門や文史郎の騒ぎに、長屋の住人たちが飛び出し、あたりを見回していた。

そうしたおかみさんたちの向こう側に、ちらりと夏目老人の姿が見えた。夏目老人は静かに長屋に戻り、姿を消した。

しばらくして、小島と左衛門がばたばたと足音を立てて、戻って来た。

「いやあ、逃げ足の早い男です」

「まったく。我らの話に聞き耳を立てていたのでしょうかね」

小島があたりを見回しながらいった。

五

空はからりと晴れ上がり、雲ひとつない。秋の陽射しが本所の町並に降り注いでいた。

大川はいつになく穏やかに流れている。

文史郎は弥生、左衛門を伴い、本所の蔵元卍屋近くの船着き場で屋根船を下りた。

卍屋の店頭は、押し込み強盗に襲われて以降、店が雇った浪人者の用心棒たちが屯し、出入りする客に鋭い目を向けていた。

浪人者たちは、左衛門を従えた文史郎と弥生にじろりと不遜な視線を向けたが、何もいわずに店に入るのを邪魔しなかった。

左衛門が番頭に相談人であることを告げ、奉行所の依頼でと断って、富兵衛への面会を申し入れた。

「少々お待ちください」

番頭は急いで内所に引き返し、でっぷりと太った店主らしい男に告げた。太った男は番頭に何ごとか不満を洩らしたが、すぐに笑顔を作り、文史郎のところにやって来た。笑顔といっても、文史郎には口を半開きにし、笑ったふりをしているように見えた。

「ようこそ、御出でくださいました。私めが店主の富兵衛にございます。どうぞ、店先ではお話しにくいので、お上がりくださいませ」

富兵衛は愛想笑いをしながら、文史郎たちを内所に案内した。富兵衛の口は文史郎に話しかけているのに、視線は若侍姿の弥生の軀を這い回している。

弥生は富兵衛の執拗な視線を浴びても、毅然とした態度を崩さず、平然としていた。

武家の娘の気品と気位を保っている。

いい大人の女になったな、と文史郎は改めて弥生を好ましく思うのだった。

文史郎たちは、奥の客間に通された。床の間の掛け軸の山水画といい、床に置かれた青磁器の壺といい、大陸から輸入した芸術品と見られ、その客間が日ごろ、大事な顧客との商談の場として使われていることを窺わせた。

文史郎は開口一番、厳かに富兵衛に申し渡した。

「富兵衛、本日参ったのは、南町奉行遠山近衛門殿の代わりに、おぬしを尋問するためだ。そう心得て、我らの問いに包み隠さずに答えろ。いいな」

「ははあ」

富兵衛は文史郎の前に平伏した。富兵衛の後ろにいた番頭の吉蔵も慌てて這いつくばる。

「というのは建前だ。これは奉行所の役人がやるような厳しい尋問ではない。そう硬くなるな。ざっくばらんに話をしよう」

文史郎はそういい、正座していた膝を崩し、胡坐をかいた。左衛門は知らぬ顔で、後ろで正座したまま、文史郎の傍らに並んだ弥生もきちんと正座したまま、対している。

「は、はい」

富兵衛は戸惑った表情で身を縮めた。

「富兵衛、まずお尋ねいたす」

弥生が尋問口調で話し出した。

「水茶屋の仲居お絹からきいた。富兵衛、おぬし、あることを教えるからといって、その見返りに一夜褥(しとね)を共にしたいと、お絹に言い寄ったそうだな」

「と、とんでもないこと。そのようなことはいたしません」

「うそを申すな。お絹の夫伊能竜勝が吉原に出入りしていることを、お絹の耳に吹き込んだであろうが」

「はい。それはそうですが」

「伊能竜勝が入れ揚げている花魁がおるそうだが、それは事実か？」

「はい。確かに」

「花魁の名は？」

「大籬(おおまがき)藤屋(ふじや)の花魁で、藤壺(ふじつぼ)と申す名の女です」

「藤壺は、どのような花魁か？」

富兵衛はじろりと弥生を見た。

「どのような花魁か、と申されても。お宅様に比べれば……」

　富兵衛はにやりと笑い、口籠もった。

「富兵衛、申せ。遠慮はいらぬ」

「お宅様のほうが、はるかにお若くて、何倍もお美しい。気品もおありだ。しかし、床入りなさったら、いかがなものか、と」

「……」

「藤壺は、床上手とのこと。ですが、実際に床入りしてみねば、女子は分からないものでございまして」

「……」

　弥生は顔を赤らめた。文史郎は傍らから、助け船を出した。

「富兵衛、弥生と藤壺を比べろとは申していない。どのような女子なのだ？　おぬしも入れ揚げたのだろう？　正直に申せ」

「は、はい」

「だが、いくら金を積んでも頭を縦に振らなかった。違うか？」

「はい、さようで」

「さんざ散財させられて、袖にされた」

「そうなります」

「だが、伊能竜勝殿だけは、藤壺は受け入れた」

「あとから馴染みになったのに、なぜか、伊能竜勝殿だけは」

「それで、伊能竜勝殿に対する腹いせに、お絹殿を籠絡しようとしたのだな」

「滅相もない。伊能竜勝殿に嫉妬を焼いたのはたしかでございますが、ちと親切心で、己の亭主が吉原通いをして、花魁に入れ揚げていることを教えてあげようと思っただけにございます」

「余計なお節介をしおって」

文史郎は憮然として、富兵衛を睨み付けた。

「そうやって、お絹殿を亭主と別れさせ、妾にでもして面倒みようとしたのだろうが」

「……へへへ。相談人様はお見通しでございますな」

富兵衛は卑屈な笑い声を立てて頭を掻いた。

「富兵衛、伊能竜勝殿は貧乏だった。それにも拘わらず、よく吉原に通う金を持っていたな。誰が伊能竜勝殿の背後についているのだ?」

「わたしも不思議に思い、調べさせました。すると、伊能竜勝殿には、浦上進之介という薩摩藩士がついていて、どうやら、遊ぶ金は薩摩藩から出ているらしいことが分かった」

「浦上進之介だと？」

文史郎は左衛門を振り向いた。左衛門は大きくうなずいた。

「御存知で？」

「うむ。名前だけはきいている。西郷吉之助の配下の者だそうだな。だが、それ以上のことは、浦上進之介について何も知らぬ。おぬし、知っておるのだな。話せ」

「浦上進之介は薩摩示現流免許皆伝の腕前。さらに、薩摩月影流の免許皆伝との由」

「なに？　薩摩月影流？　いま江戸の豪商を荒らし回っておる月影党と同じ月影ではないか？」

「そうなのです。それで、先日、うちが押し込まれたとき、月影党と名乗っていたので、もしや、薩摩月影流の遣い手たちかと思いました」

「富兵衛、浦上進之介について、分かっていることを、みな話せ」

「はい。浦上進之介は、薩摩藩を脱藩したことになっているそうです。だが、それは表向きのこと。浦上はいまも公然と薩摩藩邸に出入りして、藩から金をいただいているらしいのです」

「それで?」

「浦上は、京都にいる西郷吉之助と、しきりに手紙のやりとりをしているとのことで、西郷を頭(かしら)とする密偵の一人ではないか、と思われます」

「うむ。続けろ」

「噂では、薩摩藩の要路から豊富な資金を与えられ、江戸の治安を乱すような工作をしているのではないか、と」

「どのような工作だと申すのだ?」

「わたしは月影党一味の一連の押し込み強盗が、そうした工作のひとつではないか、と睨んでいます」

「では、その浦上進之介が月影党を率いていると申すのか?」

「おそらく。しかし、わたしが聞き及んだ噂では、月影党には、さらに背後に黒幕がいるらしい、というのです」

「黒幕は西郷ではないのか?」

「いいえ。西郷は京都におり、江戸には来ていない。その黒幕は、いま江戸にいて、浦上進之介たちを指揮しているという噂です」

「その黒幕とは、何者だ？」

「噂では、浦上たちに月影流を伝授した開祖の老師です」

「名前は？」

「玄斎という古老です」

「まさか」

文史郎は唸った。左衛門も信じられないという顔をしている。

「あの絵師の玄斎老人と同じ名ではないか？」

文史郎は左衛門と顔を見合わせた。

「あくまで、これは噂でございます。裏を取ってはありません」

「ただの噂で、人を疑うわけにはいかんな」

文史郎は、夏目老人こと玄斎を思い浮べ、あの玄斎が黒幕とはとうてい信じられなかった。

「相談人様、噂と侮ってはいけません。火のないところに煙は立ちません。根も葉もない噂は他愛無いが、いま、わたしたちが聞き付けた噂は、根も葉もあるものでございます」

「ほう、どんな噂が流れておるというのだ？」

「一連の月影党一味の押し込み強盗は、偽旗だという噂です」

「偽旗だと？」

「そうでございます。敵は本能寺にあり、というのです」

「なんだ？　敵は本能寺にあり、と申すのは？」

「つまり、押し込み強盗は、ほかの大事を隠す小事だということです」

「もって回った言い方はよせ。つまり、月影党はもっと大きなことを画策している、というのか？」

「はい。そのようにきいております」

文史郎は弥生と顔を見合わせた。

弥生が尋問を引き継いだ。

「誰からきいたのです？　そのような噂を」

「わたしたち、金貸し商売をしている同業者は、さまざまな場所で、耳を立てています。次に何が起こるかを、事前に察知しているか否かは、大事な商売や金貸し業に大きく影響する」

「一連の押し込み強盗が起こることは、知らなかったのでは？」

「……こういっては、お奉行様に申し訳ありませんが、事前に、そうしたことが起こるという話が流れていました。ですから、先見の明がある商家は、万が一、押し入られても大丈夫なように、大事な証書や金子は、事前に移して保管しています。かくいう卍屋も大事なものは、別の場所に移し、被害は最低限のものに押さえてあります」

「何も盗られなかったのか？」

「いえ。全部を隠してしまうと、かえって怪しまれて、隠し場所をいえ、といわれてしまう。ある程度、損を覚悟で、相手に渡し、被害は最小限に止める。それが商売人でございましょう」

文史郎が弥生に替わって訊いた。

「月影党が画策する、大事と申すは、いったい何だ？　その噂は同業者の中に流れておらぬのか？」

「わたしも同業者たちも、必死で調べていますが、それは何か、まだ分かっておりません」

「さようか」

「ただ、ひとつだけ、分かっていることは、今度は、わたしら商家や同業者仲間が狙われてるのではないらしい、ということです。だから、今度は商売人は安心していい、と」

「なに？　今度狙われるのは、商家ではない、というのか？」

文史郎は、弥生と顔を見合わせた。

弥生が文史郎に替わって尋ねた。

「では、狙われるのは武家、あるいは、どこかの藩とか、幕府の何かだというのですか？」

「おそらく、さようではないか、と」

富兵衛はにやりと笑った。

そこまで分かっているということは、富兵衛や同業者たちは、それ以上はいえない、という意思表示なのに違いない。

文史郎は話題を変えた。

「ところで、もうひとつ訊くことがある。伊能竜勝殿が親しく付き合っている侍仲間がおろう。そやつらは、誰なのだ？」

「先ほども申し上げました。浦上進之介、伊能竜勝の配下でもあった木内勇之進。ほか、数名でございます」

文史郎は考え込んだ。

木内勇之進も、吉原に出入りしているというのか？

木内にも、一度会わねばなるまい、と文史郎は思った。

六

その日、文史郎と左衛門は、弥生の大瀧道場に戻った。

道場では道場主の弥生が留守にしている間は、師範代の武田広之進や四天王の高弟たちが後進の門弟たちに稽古をつけている。

しかし、門弟たちは道場主の弥生が見ているといないとでは、稽古の張り切り方が違った。

「先生、お帰りなさーい」

門弟たちは、若侍姿の弥生が玄関に姿を見せると、稽古の手を休め、一斉に挨拶するのだった。

「みんな、しっかり稽古を続けて」

弥生は苦笑しながら、文史郎と左衛門を奥の座敷へと促した。

下女のお清が現れ、文史郎たちに挨拶すると、弥生はお茶の用意をしてといった。

「はーい、ただいま、お持ちします」

お清は明るい返事を残して、台所へと姿を消した。

文史郎は座敷に入ると、どっかりと座り込み、胡坐をかいた。

「爺、富兵衛の話を、どう思う？」

「俄には信じられないですな」

左衛門は正座し、腕組をした。弥生も左衛門と並んで正座し、文史郎と向き合った。

「弥生は？」

「噂話が多かったので半信半疑なのですが、一部は真実を含んでいるので、実際にあたって確かめてみたいですね」

「たとえば？」

「伊能竜勝様が入れ揚げているという花魁の藤壺。もしかして、藤壺が伊能竜勝様をいいように誑かしているのかもしれないし。ともかく、どんな女なのか、この目で確かめてみたいですね」

左衛門が訊いた。

「殿は、いったい、いかがに思われたのですか？」

「それがしが驚いたのは、月影流の開祖が、玄斎という老師だという話だった。それがしは、すぐにうちの安兵衛店に住んでいる同じ名前の玄斎という老人を思い出した」

「爺も、同じ気持ちです。あの絵師の玄斎殿が？　まさかとは思いましたが驚きでした」

左衛門は頭を左右に振った。

文史郎は腕組をし、考え込んだ。

「しかし、爺、いわれてみれば、夏目殿には、いくつか不審な面がある。そう思わぬか？」

「たとえば、どのようなことです？」

「先日、大川端に釣りに行ったときのことだ。夏目殿は木陰で、三人とひそひそ話をしていた。それがしが近付くと慌てて三人の侍が夏目殿から離れて行った」

「夏目殿は？」

「釣りをしながら居眠りをしていた。しかし、いま思うと、夏目殿は居眠りしている振りをしていたのではないかな」

左衛門は首を傾げた。

「爺はあの夏目老人に会ったとき、これは只者ではないと思いましたな。年寄りなのに、あの身のこなし、隙のない動きをする。かなりの剣の遣い手だと直感しました」

「やはり、そうか。それがしも爺と同じような思いを感じていた」

廊下にばたばたと足音がきこえた。

「先生。いらっしゃいますか」

「何ごとです？　廊下を走ったりして」

襖が開き、門弟の高井真彦が顔を出した。

「奉行所のお役人小島様が、至急に殿にお目通り願いたいとおっしゃっています」

弥生は文史郎と顔を見合わせた。

「すぐに、こちらへ通してください」

「かしこまりました」

高井は慌てて道場に駆け戻ろうとしたが、途中で摺り足で急ぎ戻った。

「何かあったのですかね」

弥生は膝行し、文史郎と並んで座った。

廊下に急ぐ足音がして、小島啓伍が姿を現した。

「殿、こちらにいらっしゃられましたか」

小島は腰を屈めて、部屋に入って来た。

「お探ししました。長屋にもお訪ねしたのですが、いらっしゃらなかったので」

「いったい、何ごと？」

文史郎は小島の慌てた様子にただならぬ気配を感じた。

「逃げられました」

「逃げられた？　誰に」

「正国寺の隠れ家から、月影党一味が忽然と姿を消したのです」

小島は息を切らして咳き込んだ。

「落ち着いて」弥生がいった。

「……失礼いたす」

小島は乱れた呼吸を整えるために、何度も深呼吸をした。小島は、ようやく息切れがしなくなったらしく、落ち着いて話しはじめた。

「昨夜遅くまでは、月影党一味は確かに廃寺に屯していたのです。廃寺の僧坊の行灯の明かりは点いていたし、一味の見張りを残して、みな就寝した様子だった」

それで、忠助親分たちも安心し、最小限の不寝番数人を寺の周辺に張りつけ、引き揚げた。

正国寺の廃寺に屯する一味は、およそ七、八人なので、奉行所は、打ち込むのは、もう少し集まってから、として一日延ばしにしていた。

その間、一味の何人かが廃寺を出入りし、他所(よそ)の仲間と連絡を取り合っているようだった。そこで与力頭は出て行く人間を岡っ引きたちに尾行させ、ほかの隠れ家を見付けようとしていた。

「ところが、今朝は夜が明けてから、いつまで経っても、誰も起きて来る気配がない」

おかしい、と思った忠助親分は、手下に寺の様子を物見に行かせた。

そうしたら、寺の中には一人も居らず、もぬけの殻。一味は、忽然(こつぜん)と姿を消していた。

「忠助親分は、夜、何人かを不寝番として、廃寺周辺に張りつかせていたのだろう?」

「はい。下っ引き二人を不寝番にして、廃寺を見張っていたそうです。なのに一味が夜中に抜け出したことに、不寝番は気付かなかった。どうやら、敵はこちらが張り込んでいることに気付き、見張りの目をごまして、抜け出したらしいのです」

「ううむ」文史郎は顎を撫でた。

左衛門も頭を振った。

「なんてこった。せっかく隠れ家を突き止めたと思ったのに」

弥生は元気よくいった。

「大丈夫。私たち相談人が、月影党一味の何人かを特定しているじゃないですか」

「え？　ほんとですか？　それはありがたい」

小島が喜色を顔に浮かべた。

文史郎が、卍屋の富兵衛を尋問した結果を掻い摘んで小島に話した。

「えっ、では、あの夏目老人が、もしかして、月影党の玄斎かもしれないというのですか」

小島は顔色を変えた。

「どうした？」

「殿たちを探していたとき、夏目様の長屋も訪ねたのです。もしかして、殿が居られないかと思って」

「夏目老人は御在宅だったか？」

「ちょうど出掛けるところでした。何人かの御供に荷物を持たせて」

「なんだって。御供というのは誰だった？」

文史郎が訊いた。

小島は首を傾げた。

「さあ。浪人者と中間（ちゅうげん）で、どちらも見覚えのない男たちだったですね」

「夏目老人は、おぬしに何かいわなかったか？」

「いえ。何も。殿がどちらに御出でかを、おききしたら、知らないとだけおっしゃっていましたね」

「変わった様子はなかったか？」

「そういえば、それがしが夏目老人を呼び止めたとき、浪人者が夏目老人を守ろうと、刀に手をかけ、それがしの前に出た。それを夏目老人が笑いながら、手で制していました」

「ほう。そのとき、夏目老人は、その浪人者になんといった？」

「……勇之進待て、といったと思います」

文史郎は弥生、左衛門と顔を見合わせた。

「勇之進とは、木内勇之進のことではないか？」

「殿、おそらく間違いなく、木内勇之進ですよ」

左衛門はいい、立ち上がった。文史郎も刀を摑んで立った。

「弥生、長屋に戻る。いっしょに来るがいい」

「はい」

弥生も刀を手に立った。

小島も急いで腰を上げた。


文史郎たちは小島を先頭にして、安兵衛店に駆け付けた。

細小路を奥に急いだ。小島が夏目老人の長屋の油障子戸を引き開けた。

部屋の中は、がらんとして人気(ひとけ)なく、何も残されていなかった。蒲団も置いてない。

左衛門は台所や部屋の片付け具合を見て、文史郎にいった。

「出て行きましたな。もう戻って来るつもりはないのでしょう」

硯箱や筆、文机も、どこかに運び出されていた。

文史郎はふうと溜め息をついた。

やはり、絵師玄斎こと夏目老人は、月影党一味の総帥(そうすい)だったのか?

身辺に文史郎たちや奉行所の手が迫ることを感じて、出て行ったのに違いない。

「あらら、やっぱり、お殿様たちだ」

お福やお米(よね)をはじめ、長屋のおかみさんたちが、戸口に現れた。

「おやおや、おかみさんたち、集まってどうしたのかね」

左衛門がお福やお米たちに笑みを浮かべた。

お福がいった。

「いえ、なに、夏目爺さんが、突然、私たちのところに挨拶に御出でになったんです。短い期間だったけどお世話になった、ありがとう、と。急に田舎に帰ることになったので引っ越します、とおっしゃって」

お米も口を挟んだ。

「それで、蒲団や鉄瓶、茶碗などをあげるので、皆さんで分けてくれって」

「で、みんなでありがたく頂いたところだったんですよ」

ほかのおかみたちも口々にいった。

お福が文史郎にいった。

「それで、夏目爺さんは、お殿様や左衛門様にくれぐれも、よろしくお伝えください、とおっしゃっていた」

「そうでしたか。皆さん、ありがとう」

文史郎はおかみさんたちに頭を下げた。

お福が興味津々の顔で訊いた。

「でも、お殿様、いったい、何があったのです？　夏目爺さんは、急に田舎に帰るとおっしゃったけど、ここに居られない事情でもあったのか、と思って」

お米も付け加えた。

「夏目爺さんを迎えに来た御浪人たちも、何か急いでいたし、まるで、夜逃げするような感じで……」

「お米さん、夜でなく、昼逃げでしょうよ」

おかみの一人が笑いながらくさした。

「そうそう。それも真っ昼間に突然、出て行くってんだから、心配になって」

「田舎のお家で、何か御不幸でもあったのかな、と。ねえ、みんな、心配したのよね」

お福がいうと、みんなが相槌を打った。

お米が小島に詰め寄った。

「まさか、あんた、夏目爺さんを捕らえようとやって来たんじゃないよね」

「そう、あんな、大人しくていいお年寄りを縄で括ろうなんてしたら、許さないからね」

おかみたちは小島に詰め寄った。

「いえいえ。そんなことはないです」

小島は慌てて手を振っておかみさんたちの追及を逃れた。

文史郎はみんなに訊いた。

「夏目さんは、どこへ行くといっていたか、きいてないかな」

「だから、田舎に帰るといってたけど」

「田舎はどこなのか、誰かきいていないかい？」

おかみたちは、互いに顔を見合った。

「そういえば、どこの田舎か、夏目爺さんはおっしゃってなかったね」

「そうそう」

「西国という話はきいていたけど、どこかとはいってなかったねえ」

「西国といっても、いろいろあるものねえ」

「夏目爺さんのしゃべり方は薩摩か肥後、たぶんあっちの方の出を感じさせるねえ」

おかみたちは、勝手に話しはじめた。

「いまから探しても、難しそうですな」

左衛門は溜め息をついた。

小島が相槌を打った。

「どこへ行ったのかも分からないし……」

「すみません。ごめんなすって」

そのとき、おかみたちの人垣を搔き分けて来る男の人影があった。

「殿さま」

姿を現したのは玉吉だった。

「おう、玉吉」

「お話があります」

「分かった。我々の長屋へ戻る。いっしょに来てくれ」

文史郎は左衛門や弥生、小島に行こうと促し、おかみたちの人垣に分け入った。

部屋に上がった玉吉は、文史郎や弥生たちを前にして話しはじめた。

「大目付松平義睦様は、かねてから、柳生の忍びの者たちに、吉野の月影党について、調べさせていました」

「ほう、兄上がお調べになっていたか」

「はい。柳生藩からの報告で、吉野の月影流を扱う山賊が現れたので、それを調べさせたとおっしゃっていました」

「なるほど。で、月影流、月影党とは何なのだ？」

「はい。月影党について、おおよそのことが分かりました。月影党は、もともとは吉野山岳で発祥した山岳剣法月影流を習得した山人たちの一党です」

「なに？　それがしたちは、月影流はもともと薩摩示現流を基にして創られた山岳剣法だときいたが」

「それは、月影流開祖の夏目錦之輔こと玄斎が、幕府に追われ追われて、薩摩の山に逃れ、そこで示現流を修行したため、そういわれたのでしょう」

文史郎と左衛門が思わず、ほとんど同時に口を開いた。

「いま、なんと申した？　夏目なにがしとか」

「夏目錦之輔、後に玄斎と名乗ります」

文史郎は左衛門、弥生、小島と、それぞれの顔を見合った。

「やはり、夏目老人は、玄斎だったのか」

「絵師だとばかり思っておりました。驚きましたな」

小島がぼやいた。玉吉は続けた。

「夏目錦之輔は、吉野郷の出身で、父親は柳生の郷士でした。楠木正成（くすのきまさしげ）の家系に繋がる地方の豪族の子孫とのこと。錦之輔は子供のころから吉野の山で役小角（えんのおづぬ）の流れを汲む山岳修験の修行を積み、そこで山岳剣法を身につけた。……」

錦之輔は十六歳にして、諸国武者修行に出た。北から南、東から西、全国を巡り、さまざまな流派の剣法と対決し、自らの剣を研いた。

　吉野郷に帰ったあと、一念発起して、山に籠もって十年、吉野山中に役小角を祀った社を創り、役小角を神と崇める自給自足の楽園を造ろうとした。

　地元の奈良の寺社や柳生藩らは、夏目錦之輔たちの動きを危険視し、兵を送って平定しようとした。その折、夏目一族は皆殺しにされ、かろうじて錦之輔だけが少数の仲間とともに吉野を脱出した。

　夏目錦之輔は逐われ逐われて、遠く薩摩山中にまで逃れた。そこで錦之輔は示現流と出合い、これを習得。

　錦之輔は密かに吉野山中に舞い戻り、吉野山中において、独自に月影流を開いた。そのとき、すでに錦之輔は老齢となっていて、名前も玄斎を名乗っている。

　月影党は、その玄斎が総帥となって創った一派だった。

　月影党は、長年幕府の隠密に追われ、家族一族を殺された恨みを晴らすべく、幕府打倒の陰謀を巡らしている。

　だが、月影党は国も城も持たぬ山族に過ぎず、己たちだけでは、幕府を倒し、天下を取ることなどできないのを知っていた。

　そうした月影党を支援するようになったのが、いずれ、倒幕に立ち上がろうとしていた薩摩藩だった。薩摩藩の間諜の頭西郷吉之助は、藩主の島津公の命令を受け、倒幕運動の手の一つとして月影党を利用することを考え、月影党に薩摩藩士を入れて、繋がりを強化していた。

「その月影党一味が、江戸に入り込み、倒幕の陰謀を巡らしているということです。そのため、大目付松平義睦様は、町方奉行所だけでは、到底、月影党一味を退治することができないと考え、すでに火付盗賊改めの出動を命じたとのことでした」

「そうですか。火付盗賊改めを出すことになりましたか」

小島は半ばあきらめた口調でいった。

玉吉は続けた。

「そこで、お殿様への伝言です。相談人様にも、月影党一味討伐のため、火付盗賊改めに協力するように、とのことでございました。調べて分かったことは、大目付様の許にも報告してほしい、との由でした」

文史郎は腕組をし、弥生や左衛門と顔を見合わせた。

「兄上は、何か勘違いなさっておられる。我らは幕府の配下ではないし、幕府の飼い犬でもない。大目付の兄者に命令される謂れもない。爺、そう思わぬか」

「ですが、そういわれても、一応、殿の兄上様のご依頼ですから、お引き受けしてもいいのではないか、と思うのですが」

左衛門は憮然とした顔でいった。

弥生が厳しい顔を文史郎に向けた。

「それがしは、文史郎様の意見に賛成します。我らは、幕府に雇われ、お金を出してもらって動いているわけではない。困った庶民の相談があって、彼らの窮状に手を延ばすのが、相談人の役割です。それがたまたま偶然にも、幕府が追っている者たちと同じなのに過ぎない」

「弥生、その通りだ。我らは奉行所の依頼は受けたが、それは困っている小島たちを助けるために、やっているだけだからな。いくら遠山近衛門奉行の依頼であっても、断るものは断るしな」

文史郎は満足気にうなずいた。

弥生は付け加えた。

「事情をおききしたら、夏目錦之輔様はお気の毒ではないですか。ご家族を皆殺しにされ、天涯孤独なのでしょう？　その恨み、忘れられないのも仕方がないこと。ほんとうなら、夏目錦之輔様のお手伝いをしてもいいぐらいでしょうに」

「まあ、そういうことだな。爺」

「ま、玄斎殿の胸中は、分からないこともありませんがね」

左衛門はうなずいた。文史郎は玉吉に向いた。

「ほかには？」

「木内勇之進の居場所ですが、昔兄妹二人で住んでいた長屋を見付けました。そこから、移転先を辿(たど)っています」

「そうか。まだ分からぬのだな」

「一つ分かったことがあります。妹の茜についてですが」

「木内勇之進といっしょではないのか？」

「いまは別々です」

「誰かと夫婦になったとかですか？」

弥生が尋ねた。

玉吉は頭を左右に振った。

「いえ、そうではなく、茜は吉原に身売りされていました」

「なに、遊女になったというのか」

「はい。いまは、吉原でも一、二を争う売れっ子の花魁になっています」

「なんという名の花魁なのです？」

弥生が身を乗り出した。

文史郎は嫌な予感を覚えた。

「大籬の藤屋の藤壺です」

玉吉が静かにいった。

弥生が顔を悲しげに歪めた。文史郎は左衛門と顔を見合わせた。

悪い予感は当たるものだ。

左衛門は溜め息をついた。

文史郎もしばらく家の中に張り巡らされた蜘蛛の巣に目をやった。

一匹の蝶が部屋に紛れ込み、蜘蛛の糸にかかってもがいていた。

「爺、明日にでも、二人で吉原へ乗り込んでみるか」

「はい。権兵衛にいって、お金を用意しておきます」

左衛門は沈んだ声でいった。弥生が文史郎に顔を向けた。

「文史郎様、それがしも、吉原にお連れくださいい」

「女子が行くところではないが」

「お願いします」

弥生は必死の形相だった。

「花魁も女。女同士でなければ、話さない、いや、話せないことがあるはず。それを聞き出します」

もし、だめだと断ったら、弥生は何をしでかすか分からない顔をしている。

文史郎はうなずいた。

「よかろう。連れて行こう」

左衛門は頭を振った。小島も頭を掻いた。

玉吉は涼やかな目で弥生を見ていた。

第四話　月影に消ゆ

一

屋根船は山谷堀(さんやぼり)の船着き場に着いた。

ここからは土手八丁、日本堤(にほんづつみ)を歩く。

堤の道を歩いていくと、吉原の遊廓から賑やかな三味線の清掻(すががき)がきこえてくる。

文史郎は心なしか足取りが軽くなり、気持ちが弾(はず)んだ。

久しぶりの吉原だった。このところ、吉原遊びはしていない。

先を行く権兵衛も、すでに心ここにあらず、といった風情(ふぜい)で早足になっている。

権兵衛は、左衛門が吉原に行く軍資金を借りに行ったら、自分も殿の御供をすると言い出し、無理矢理付いて来た。

「まあ、楽しそう」

隣を歩く若侍姿の弥生は目を輝かせ、期待を膨らませていた。

文史郎は後ろを振り向き、左衛門と顔を見合わせた。左衛門の隣に、同心の小島啓伍が神妙な顔で付いて来る。

吉原は町奉行所の管轄ではない。吉原は幕府勘定奉行の支配下にあり、町方は手を出せない。

廓の中の治安は廓の首代(くびだい)たち若衆が取り仕切っている。管轄外の町方役人は廓の中で捕り物をすることはできない。

もし、廓の中に犯人が逃げ込んだら、町方は廓の首代たちに頼んで犯人を捕らえてもらい、廓の外に放り出してもらう。それを町方役人が捕らえる形になっている。

首代とは手代の「手」よりは上で、頭の代理の目代(もくだい)の「目」よりは下、つまり「首」の位である。首代は、大番頭の命令一下、若い衆、若い者の先頭に立って命を張る男の中の男だ。

首代は日ごろは廓の中をぶらぶらしているが、もめ事が発生すると、真っ先に駆け付け、身を張って事(こと)を収めるのが役目だ。武芸に秀で、相手が荒くれ者のやくざだろうが、腕が立つ武士であれ、いざとなったら、刺し違えてでも相手を倒す命知らずだ。

見返り柳の下を折れて、衣紋坂を下り、五十間道を辿り、大門に至る。大門は吉原唯一の出入口である。

大門を潜った左側には、町奉行配下の面番所、右側には廓の首代たちの面番所がある。

大門を通るにあたり、一悶着があった。

男姿の若侍の格好をしていた弥生が引っ掛かった。女子が廓に出入りするには廓が発行する大門切手という通行証が必要である。とりわけ、女の弥生が若侍姿をしていたのが仇になった。廓を脱走しようという遊女が男姿をすることがあるからだった。

ここは廓通いの経験のある権兵衛と、町方役人の小島啓伍の二人が活躍した。権兵衛は廓の知り合いの首代に金を使って説得し、小島啓伍は面番所の同僚を見付けて身許の保証をした。二人の尽力で大門切手は無事発行された。

面番所で大刀を預け、小刀のみを腰に差した。大門から先は槍や長刀を持ち込めない決まりになっている。

大門を潜ると、仲ノ町の大通りに出る。

大通りは廓を左右に二分して真直ぐに延びている。通りの両側には引き手茶屋が軒を接して並んでいる。

ちょうど大通りは花魁道中の真っ最中だった。大勢の観客が、通りを華やかに着飾った花魁が、新造（しんぞう）や禿（かむろ）、若い衆を従え、三枚歯の高下駄で八文字を踏みながら、しゃなりしゃなりと歩く姿に見とれていた。

「まあ綺麗」

弥生も、人垣の後ろから背伸びをして、花魁たちの道中を眺めていた。

文史郎は権兵衛に耳打ちし、どこかの引き手茶屋を頼んだ。

権兵衛は、「お任せあれ」とにやっと笑い、人込みに消えた。

目当ての花魁に会うには、馴染み客でない場合、引き手茶屋を通すのが一番、確実だった。

ただし、肝心の花魁が拒めば、それまでだが、ここは吉原に強い権兵衛の力にすがるしかない。

花魁道中は何組も続いている。人気の花魁が通るたびに歓声があがる。

しばらく、通りで眺めていると、権兵衛が戻って来た。

「殿、用意できました。どうぞ、こちらへ」

権兵衛は文史郎と弥生たちに付いて来るように促した。

「私が懇意にしている茶屋でしてね。仲居に、藤壺を呼んでくれるよう頼んでありますんで」

権兵衛はにやっと笑った。

文史郎たちは、引き手茶屋松屋（まつや）に着くと、すぐに仲居に二階に案内された。

文史郎たちは二階の引付け座敷に居並んで座った。

松屋の女将が挨拶に現れた。

「お殿様、お付きの皆様、ようこそ松屋にお越しくださいました。本日は、日がよろしいようで、どうぞ、存分におくつろぎくださいませ」

女将の挨拶が終わると仲居たちが、お茶を運んで来た。

権兵衛は、そっと女将に祝儀の袋を渡し、何ごとかを耳許で囁いた。女将は鷹揚にうなずき、仲居に小声で何ごとかを指示した。仲居は愛想笑いを浮かべ、階下に降りて行った。

「権兵衛、どうなっておるのだ？」

「今回は女将に事情を話してあるので、特別に『初会（しょかい）』も『うら』も飛ばして、三回目の『馴染み（なじ）』になっていただきます」

「まあ、それがしも『馴染み』になれるのですか？」

弥生が顔を綻（ほころ）ばせた。好奇心で目を輝かせている。

弥生は馴染みの意味が分かっているのだろうか、と文史郎は苦笑した。

権兵衛が文史郎にいった。

「殿、弥生様、これは藤壺に会って話をするための方便ですから、そのおつもりでお願いします。ほんとの馴染みになるわけではありません」

「分かっておる」

文史郎は不機嫌な声を立てた。

「あら、そうなの。つまらない」弥生は不満げに鼻を鳴らした。

「それから、藤壺を抱える大籬の楼主の手前、ちゃんと二人分の床花はお払いいたします。これは後ほど、報酬から差っ引かせていただきます」

「え？　二人分も？」

文史郎は花魁の床花が高いのを知っていた。それも人気のある花魁は、庶民の手が届かないくらいに高い。

権兵衛が小声でいった。

「藤壺と会えるのは特別に本日はお一人でなく、お二人としてあります。つまり、殿と、どなたかになりますので」

「当然、もう一人は、それがしでいいでしょう？」

弥生が文史郎に同意を求めた。

「うむ。そうだな。余と弥生の二人で藤壺と会うことにしよう」

権兵衛はほくほくした顔で、左衛門と小島啓伍に目をやった。

「では、お付きの私たちは女将に頼んで、誰か別に呼んでもらうことにします」

左衛門と小島啓伍は互いに顔を見合わせ、にやっと笑った。

「わしは、ここで酒を飲んでおれば満足」

「左衛門様、それがしもお付き合いします」

小島は照れたようにいった。

権兵衛は笑った。

「なにをいうのです。折角(せっかく)、吉原の引き手茶屋に上がったのですよ。お二人とも、大丈夫、お金の方は心配なさらないでください。このくらいは経費で落とせますから。私たちも待つ間、美しい新造さんたちを呼んで、お酒や料理を楽しみましょう」

権兵衛のその言葉を合図にしたように、仲居たちがどっと酒や料理を載せた膳を運び込みはじめた。

「お待たせしました」

膳のあとに、どやどやっと振袖新造たちが賑やかな声を上げながら、座敷に入って来た。

膳は左衛門、小島啓伍、権兵衛の前に並べられた。

文史郎と弥生は怪訝な顔をした。膳は三人分しかない。自分と弥生の膳は、いかがいたしたというのか?

「さあさ、お殿様、お嬢様、お二人の膳は、別の座敷に御用意してあります。どうぞ、こちらへ」

女将は文史郎と弥生を別の部屋に案内しはじめた。

「殿、いってらっしゃい」

文史郎は、左衛門や権兵衛に見送られ、女将について廊下を歩いた。弥生も後ろから静々とついて来る。

文史郎と弥生が案内されたのは、店の奥にある六畳間ほどの小さな引付け座敷だった。

そこには膳が三つ並べられてあった。

文史郎と弥生は、二つ並んだ膳の前に座った。

女将と仲居が文史郎と弥生の盃に、徳利の酒を注いだ。

「間もなく藤壺が参りますので、それまで、どうぞ、おくつろぎください」

女将と仲居はそう言い残すと、廊下に消えて行った。

文史郎は弥生と二人っきりで座敷に残され、盃を酌み交わした。

その座敷だけ、周りの賑わいから取り残されたように静寂だった。

「文史郎様、こうして二人だけでいられるなんて、私、幸せです」

「………」

文史郎は口に含んだ酒を思わず吹き出した。

「ま、文史郎様、大丈夫ですか」

弥生は笑いながらにじりより、懐から紙を取り出して袴にこぼれた酒の滴(しずく)を拭った。

弥生のほのかな白粉の匂いが文史郎の鼻孔をくすぐった。

「弥生」

文史郎はそっと弥生の額にかかったほつれ毛を指でかきあげた。弥生はじっと文史郎の顔を見上げた。文史郎は弥生の肩に手をかけた。

いかん、まずい、と文史郎は思った。このままでは弥生を抱きたいという気持ちに負けてしまう。

「ちと、厠へ行って参る」

文史郎はさっと立ち上がり、廊下に出た。

どこかの座敷から、どっと女たちの楽しげな笑い声がきこえて来た。三味線の音や太鼓を打つ音、都々逸を唸る女芸者の声も流れて来る。

ふと窓を見ると、障子戸に夕焼けの光があたって緋色に輝いていた。

二

厠から部屋へ戻ると、部屋には燭台が何本も立てられ、蠟燭の火が点され、部屋を昼間のように明るく照らしていた。

その明かりの中で、対照的な美しさの女がつつましやかに座っていた。一人は若侍姿も凛凛しい弥生。そして、もう一人は灯籠鬢の頭に、緋襦袢の上に三枚を重ね着し、豪華な打掛けをはおった前帯姿の花魁だ。

「殿、こちらは、藤壺様です」

弥生は笑みを浮かべ、向かい側に座っている花魁を文史郎に紹介した。

弥生は「文史郎様」と呼ばず、「殿」と呼ぶことで、これは仕事だと認識している様子だった。

「あちきは藤壺にありんす」

藤壺は憂い顔にかすかに笑みを浮かべ、文史郎に深々とお辞儀をした。

文史郎は名乗り、膳の前に座った。

「お殿様が御出でになられるまで、いろいろと弥生様からおききしました。お殿様は相談人だとのこと」

「さよう。だが、今回藤壺殿に、こうしてお目にかかったのは、ある女御からの相談を受けてのこと」

「弥生様からおおよそのことはおききしました。あちきでよければ、いえ、私でよければご協力いたします」

藤壺はちらりとあたりを窺い、廓言葉を使うのをやめた。

おそらく近くの部屋に遣手（やりて）や禿、振袖新造が控えているのだろう。

「では、藤壺殿」

「殿（どの）は取ってくださいませ。どうか、いまは茜と呼び捨てにしてください」

「では、茜、いまも伊能竜勝殿と付き合っておるのか？」

「はい。伊能様は、時折御出でいただいております」

藤壺こと茜は顔を伏せ、身を小さくしながらうなずいた。

「伊能がお絹殿と婚姻を上げる前、茜と伊能は恋仲だったときいたが」

「……はい」

消え入るような小さな声だった。

「伊能がある事情から脱藩し、奥方ともども江戸に来ているのは存じておったか？」

「はい。兄上からおききしました」

「おぬし、まだ伊能をあきらめられぬのか？」

「お殿様、それは逆でございます。私は、はじめから身分違いと覚悟し、伊能様と結ばれるのはあきらめておりました。そうでなければ、どんなことがあっても廓なんぞに身を落とすことはなかったでしょう」

たまりかねた弥生が口を挟んだ。

「殿、藤壺様は、いや茜様は、伊能様にお絹様との御婚姻の話が持ち上がる前に、伊能様に別れ話をしていたのです」

「そうか。伊能竜勝が、おぬしを忘れられぬのか」

「………………」

茜は首を垂れて、うなだれた。白いうなじに艶がある。

「実は、その伊能竜勝の妻のお絹殿と御子から相談を受けた。伊能竜勝を捜し出し、無事に、お絹と御子の許に戻してくれないか、となる」

「私も伊能様にこちらにお越しにならぬよう申し上げています。でも、私がいくらお会いしたくないとお断わりしても、伊能様は私を御指名になり、法外な揚げ代をお払いになれば、いつまでも我儘は通せません。楼主の命もあって、お会いするしかありませぬ」

　法外な揚げ代となれば、百両、二百両ではない。花魁の揚げ代だけでなく、お付きの遣手、新造、禿、若い衆、太鼓持ち、芸者といった面々にも支払う総花となれば、下手をすると一晩で千両、二千両もの金になる。

「伊能は、脱藩して、いまは一介の素浪人。そんなお金をどこから得ておるのだ？」

「……伊能様は、私を請け出そうとして悪い道に足を踏み入れておられます。相談人のお力で、なんとか伊能様、それに兄上をお救いいただけませんでしょうか？」

　茜は文史郎の前に両手をついて、深々と頭を下げた。

　文史郎は弥生と顔を見合わせた。

「何か深いわけがありそうだな。茜、包み隠さず話してくれぬか？　それがしたちがなんとか力になろう」

「そうです。茜様、お話しになって。きっと私たちが力になります」

　弥生も茜に優しく声をかけた。

　茜は顔を上げた。目が潤んでいた。

「伊能様は、茜に負い目をお持ちなのです。こんな苦界に、私が身を落としたのは、自分のせいだ、とお思いになられているのです」

「伊能がお絹を娶り、おぬしを捨てたことを後悔しているというのか？　それで、伊能は脱藩したあとも、おぬしを気に掛け、足抜けさせようとしている、と」

「伊能様は誤解なさっておられるのです。悪いのは、兄上なのです」

「兄者というと、木内勇之進か？」

「はい。兄者は、足軽の身分から抜け出そうと、あがいていました。というのは、伊能様と私が夫婦になれないのは、自分たちが足軽の身分だからだ、と。身分違いのために、私と伊能様は結ばれない。兄上はそう考えて、藩の要路に賄賂を渡したり、さまざまな下働きをする猟官運動を始めたのです」

「ふむ」

　藩内では、猟官運動はよくあることだ。

「少しでも扶持を増やしてもらい、お役目をいただき、せめて足軽頭から下士の身分に引き上げてほしい、と。それで、日ごろ、目をかけていただいていた城代家老様に兄上は取り入り、城代家老様の命ずるままに、人を殺めたりしていたのです」

「そうか。城代家老派の刺客をしていたのか」

「はい。兄上は、伊能様と並んで、柳生新陰流免許皆伝でした」

「兄者は伊能と仲が良かったときいたが」

「はい。伊能様は上士、兄上は下士にもなれない足軽の身分。それでも、伊能様はそんなことは気にせずに兄上と懇意になさっておられた。江戸の藩邸の中では、そういうわけにはいきませんが、いったん町道場に出れば、門弟として伊能様と兄上は対等にお付き合いしていた。まるで実の兄弟のように仲が良かった。それは周囲から見ていても微笑ましいくらい。そんなこともあって、伊能様は妹の私を見初めたらしいのです」

「なるほど」

「そんなある日、兄上は藩邸内で密かに開かれていた賭場で、城代家老に差し出すためのお金を稼ごうとして、たまたま預かっていた部下たちの給金を賭け、負けてしまったのです。失った金を取り戻そうと焦った兄は、悪い折助の口車に乗り、今度は私の身を賭けて勝負したのです」

「それで、兄者は負けた？」

「そうなのです。私は兄の借金の形に取られ、吉原に身売りすることになったのです」

「そのことを、当時の伊能は知っていたのか？」

「いいえ。兄上も私も、そんなことは口が裂けてもいえません。私は伊能様とのことは、はじめから無かったこととあきらめたのです。それで伊能様に、ほかに好きな人ができたと嘘をつき、身を隠したのです。そして、泣く泣く吉原に身売りされたのです」

「うむ。伊能は、さぞおぬしを捜しただろうな」

「伊能様は兄上を激しく問い詰めたらしいのです。いたたまれないくらいに」

「吉原に売られたと明かしたら、伊能はさらに激怒しただろうな」

「ちょうど、そのころ、藩内にお世継ぎ問題が起こっていました。兄上は、私を取り戻そうと、城代家老様に借金を申し入れた。そうしたら、城代家老様はお金を貸す代わりに、ある男を斬れといったのです」

「その男は、もしや……」

文史郎は口を噤んだ。

「はい。伊能様でした。伊能様は、藩主のお殿様の御寵愛を受け、お絹様を授かることが決まっていたのです」

「兄者は悩んだろうな」

「はい。兄上は、伊能様を斬ることはできない、かといって、城代家老から借金ができないと、私を身請けできない。悩む兄上に、城代家老は、早く伊能様を斬れと、やんやの催促をなさった」

「ふうむ。困ったろうな」

「そのうち、事情を嗅ぎ付けた筆頭家老派の上司が、借金の肩代わりをするから、城代家老を斬れといって来た」

「もし、兄者が城代家老を斬れば、兄者は借金を断られ、逆恨みしての犯行とされて処断されただろうな」

　文史郎は弥生と顔を見合わせた。

　弥生が頭を振った。

「筆頭家老も城代家老も、どちらも汚いですね。自分たちの権力のことしか考えていない」

「どこの藩でも、そういう権力争いは汚いものだ。で、兄者はどうなさった？」

「藩に嫌気が差し、脱藩したのです。そのころ、伊能様もお絹様と御子を連れて脱藩し、江戸に逃れたときいています」

「そういう事情だったのか。伊能は、そうした事情、おぬしか兄者からきいて知ったのであろう？」

「いえ。私からは何も申し上げていません。兄上が伊能様に告白したのです」

茜は、話を続けた。

折も折、脱藩した伊能竜勝は、江戸で旧知の者から、同じく脱藩した木内勇之進のことを知った。伊能は旧知の者の手蔓（てづる）で、深川の長屋で暮らしている木内勇之進を訪ねて再会した。

そこで、木内勇之進から、これまでの事情をきいた伊能は激怒した。何も教えなかった木内勇之進と、何も知らなかった自分自身に。

伊能竜勝は、吉原の苦界に身を沈めている茜を身請けして助けたい、といった。こうなったのも自分の許から去った茜の真意を知らなかった自分にも責任がある、と。

一方、在所を出奔して江戸に出た木内勇之進は、かつて通った町道場で師範代をしていた浦上進之介の突然の訪問を受けた。浦上は元薩摩藩士であることを木内勇之進に打ち明け、熱く尊皇攘夷論を語り、勤王の志士にならないか、と誘ったのだった。

かつて木内や伊能が町道場に通っていたとき、浦上は密かに門弟たちの中から尊皇攘夷の志を持つ者たちを選別していたのだった。

浦上は、自分は月影党の幹部で、木内勇之進に月影党に入っていっしょに活動しないかと誘った。月影党に入れば、いまに大金を手に入れることができる、といった。

しかし、月影党の幹部になるには、山に籠もり、山岳剣法月影流を修行し、免許皆伝を得ねばならない。

浦上は、木内勇之進が柳生新陰流免許皆伝であることから、月影流の習得は早いと説得した。木内は、結局浦上の誘いに乗り、足柄の山に籠もって、山岳剣法を修行し、短期間で免許皆伝になった。

月影党は、江戸市中で尊皇攘夷の資金作りのため、豪商を襲い、大金を奪うとともに、借金で苦しむ武士や庶民、さらには財政破綻して借金にあえぐ藩を助けるために債権証書などを焼却処分にした。

茜は溜め息をつき、また話を続けた。

「兄上は伊能竜勝様に月影党に入っていっしょに倒幕運動をしようと誘ったのです。伊能様は、はじめは乗り気ではなかったようですが、浦上様の紹介で、月影党の総帥の老師と会って気が変わった」

文史郎は弥生と顔を見合わせた。

「待て。老師だと？　もしや、その老師は玄斎と申しておらなんだか？」

「はい、たしか玄斎様とお呼びしていたと思います。伊能様は玄斎様は信じるに足る人物だと評していました」

「なるほど。それから？」

文史郎は茜に話を続けるように促した。

「ですが、私は信じません。玄斎様は、兄上や伊能様を焚き付け、新たな恐ろしいことに手を染めさせようとしています」

「どのような？」

茜は身震いし、あたりに人がいないかどうか見回した。

「ある日、寝物語に伊能様が私に洩らしたのです。次の仲秋の名月が過ぎたら、私を身請けすることになる、というのです。身請けして、私を自由の身にすると。そうなったら、私といっしょに暮らそうとおっしゃるのです」

「ふうむ」

文史郎は、また弥生と顔を見合わせた。

伊能はお絹のところに戻らないつもりなのか？

「私はいいました。嘘つき、と。私を身請けするなどと嘘をいって、結局、奥様のところに戻るのでしょう、と。できないことをいって、私をさらに惨めにさせないで、とも。私は、いまの境遇に慣れてしまいました。もう、伊能様と暮らす夢は見ないことにしている、と申し上げたのです」

「そうしたら？」

「嘘ではない、とおっしゃるのです。ほんとうに大金が入るのだと。今度の計画は、兄と伊能様のお二人で考えたもので、幕府以外には、誰にも迷惑をかけない仕事だ、と」

「幕府以外には迷惑をかけない？　どういう計画なのだ？」

「私も心配になり、あの手この手で、伊能様に話すよう迫ったのです。そうしたら、ぽろりと言葉を洩らしたのです」

「なんと申したのだ？」

「この吉原のお金を狙うと」

「吉原のお金をどうやって？」

「吉原の売上金は、月々莫大な額になります。その売上金の費用を除く利益のおよそ七割は楼主に、残り三割が幕府に税金として収められるのだそうです。その三割の金子を横取りしよう、というのです」

「ふうむ。税金を横取りするというのかい？　確かにそれなら、幕府を困らせることになるが、庶民やそのほかには迷惑はかからんな。しかし、どうやって横取りできるのかな？」

茜は、いま一度周囲に誰もいないのを確かめて話を続けた。

吉原の人口は、遊女だけでも五千人もいるといわれる。吉原に遊びに来る客が落とす金は毎日三千両を下らない。紋日ともなれば、料金が倍になる上に、客の数もいつもの何倍もになる。当然のこと、金額も倍増する。

四季折々に吉原では多彩な催し物があり、客の数もそのたびに増え、当然のこと、吉原に集まる金は巨額になる。

単純計算でも、月々、一、二万両以上、年末年始や季節の変わり目には、十万両程度の金が貯まることになる。

そうした金はいったん廓の中の金蔵に納められるものの、極秘裡に運び出され、幕府の蔵の金庫に移される。

吉原の金子が運び出されるのは、決まって深夜のみんなが寝静まっているころで、その吉原の金子を運ぶ行列は、巷では、花魁道中になぞらえて、吉原金塊道中と呼ばれていた。

「どうやら、伊能様の話では、その吉原金塊道中を襲う計画らしいのです」

「それを、仲秋の名月の日にやるというのか？」

「おそらく」

「どうやるのだろうか？」

「それは、いくらきいても、伊能様ははぐらかしてしまい、それ以上答えようとしませんでした」

「ふうむ」

文史郎は腕組をし、中空を睨んだ。

茜は文史郎と弥生に頭を下げた。

「相談人様、どうか、伊能様や兄上を説得して、これ以上、悪いことに手を染めないよう止めていただけないでしょうか？」

「分かりました。やってみましょう」

「ありがとうございます」

茜は文史郎に深々と頭を下げた。

弥生が堪り兼ねた顔で口を挟んだ。

「でも、茜様、もし、二人を説得して、止めさせると、あなたは吉原に身を沈めたままになりますよ。折角、自由の身になれるかもしれないのに。それでもいいのですか？」

　茜は目を潤ませた。

「もう覚悟はできています。もし、伊能様と兄上が吉原金塊道中を襲い、お金を奪って私を身請けしても、私は伊能様と夫婦にはなれないでしょう。伊能様はお絹様の許にお戻りになる。その覚悟はしているのです。私は汚れたお金で身請けされても、少しも嬉しくないのです。かえって、私のために伊能様も兄上も犯罪者としてお尋ね者になってほしくない。伊能様はきれいな軀のまま、お絹様にお返ししたいのです」

「分かりました。いまなら、まだ間に合う。兄者と伊能竜勝に会って、月影党から足を抜かせましょう。ただ、我々は二人との連絡方法が分からない。二人はどこにいるのか、知っているのか？」

「はい。私ではなく、信頼できる男がいます。私の首代で、私の命令ならなんでもきく若い衆です。その首代の佐助を紹介しますので、なんでも佐助に命じてください。佐助は二人の居場所や連絡方法を知っています」

　茜はくるりと顔を廊下に回らせた。

「佐助、御出でかい？」

「へい」

　どこからか返事がきこえた。

黒い影がすっと現れ、足音も立てずに、部屋の前まで移動して座った。

「藤壺様、御呼びでござんすか」

精悍な顔付きの若衆だった。廊下に片膝立ちで座っている。全身から刃物のような剣気が放たれている。

「こちらの方々は、私の依頼を引き受けていただいた相談人のお二人です。今後、このお二人の命令は、あちきの命令と思ってください。いいですね」

「へい。畏まりました」

佐助と呼ばれた若衆は頭をぺこりと下げた。

「ご挨拶を」茜がいった。

「佐助と申しやす。以後、よろしうお願いいたしやす」

佐助は険のある目で文史郎と弥生に挨拶した。文史郎と弥生も挨拶を返した。

茜が笑顔を佐助に向けた。

「佐助、さっそくですが、お願いです。あちきの馴染み客の伊能竜勝様と、あちきの兄者の木内勇之進のところに、相談人の方々を案内してあげて」

「へい。畏まりました」

首代佐助は頭を下げた。

「いつ、ご案内いたしましょう?」

「明日にでも、お願いします」

文史郎はいった。佐助はうなずいた。

「へい、分かりやした。お殿様、弥生様、明日昼ごろ、舟でお迎えに上がります」

「うむ。よろしう」

文史郎は弥生と目を交わした。

どこからか、清掻がきこえ、男や女の野卑な笑い声が響いて来た。

三

文史郎たちが吉原をあとにして、道場に戻ったのは深夜近くだった。

途中、権兵衛と小島啓伍は別れ、日本橋と八丁堀に戻って行った。

権兵衛は、せっかく吉原に上がったのだから、一晩泊まろうと煩かったが、文史郎たち残り四人が帰ると決めたら、素直に皆に従った。

弥生も脂粉の匂い立つ遊女たちと、生々しく欲望をぎらつかせた男たちの様に、居心地が悪かったらしく、文史郎の傍にぴたりと張りついたまま、いつになく大人しかった。

帰り際、弥生は文史郎に、私に遠慮せず、権兵衛といっしょに泊まったらいい、少しも構わない、と口ではいってはいたが、本心からではないのが分かっていたので、文史郎は無視し、帰宅を決めた。

道場に帰ると、さっそく弥生は風呂に入り、身についた廓の匂いを洗い落としにかかった。

文史郎は座敷に座り、酒を飲みながら、藤壺からきいた話を左衛門に話してきかせた。

「へええ、伊能と木内は吉原金塊道中を狙うというのですか？」

左衛門は呆れた顔をした。

「爺は、その吉原金塊道中を知っていたか？」

「噂にはきいていますが、実際は見たことがないですな。いつ、どういう経路で、馬車で運ぶのか、舟で運ぶのか、護衛はどのくらい付くのか、などなどまったく知られていない。そんな行列を、どうやって襲うのか」

「いつやるのか、だけは分かっているらしい」

「いつですか？」

「仲秋の名月の日。八月十五日の決行らしい」

「その日は……」

文史郎は頭にひらめいた。


「爺、分かったぞ。豪商襲撃予告は偽旗で、この吉原金塊道中襲撃が本筋なのだ」

「なるほど、そういうことですか。しかし、幕府が極秘で日程を組んだのに、どうして伊能たちは八月十五日に道中があると知ったのだ？」

「おそらく、幕府側に内通者がいる」

「殿、どうします？　小島に通報しましょうか？」

「待て、偽旗という確証がなければ、奉行所は豪商の警備は続けざるを得ないだろう」

「それもそうですな。我々がなぜ、本筋の吉原金塊道中襲撃を知っているのか、と逆に疑われかねない」

「そうだ。ともあれ、首代の佐助に頼んで、木内勇之進と伊能竜勝に会ってみよう。彼らに中止を申し入れた方が手っ取り早い」

「そうでござるな」

左衛門も同意した。

廊下に足音がし、お清が襖から顔を出した。

「お殿様、左衛門様、お疲れ様でした。吉原はいかがでございましたか」

お清は盆に載せて、お酒の徳利と肴の皿を運んで来た。

「久しく行っておらなんだが、やはり別天地だったな。江戸の町と違って、あまりに女子が多い。多すぎる」

「あらあら、あまり美しい女子ばかりなので、目移りしてたいへんだったのでしょう？」

左衛門が感慨をこめていった。

「吉原は、遊女たちには苦界、男衆には極楽。あらゆる人生が吹き溜まったような場所だ。そう思うと心から楽しめなかった」

「さようでございますか。浮き世のことは、何もかも忘れて、女子と楽しめばよろしかったのに」

文史郎は盃に徳利を傾けるお清を見ながらきいた。

「女子にとって、吉原はどう見えるのか？」

「女子がみんなきらびやかに着飾って、男はんの目を惹きながら、しゃなりしゃなりと八文字を描いて歩く。あれがこの世に生まれた同じ女子か、と思いますよ。ほんとに羨ましい世界です」

左衛門が盃をあおりながらいった。

「しかし、遊女は、嫌な男の相手をしなければならないのだぞ」

「あら、その代わり、お金が頂けるのでしょ？　お金が貰えるなら、少々のことは我慢できますよ。それで綺麗なべべを着て、おいしい物を食べられるなら、文句はありません」

「そうかなあ。自分が哀れにならないかな」

「お殿様、ものは考えようです。辛く悲しいと思えば、そうなるし、楽をして人生を楽しむつもりなら、そうした生き方もある」

「なるほど、そういう考えもあるか」

文史郎はお清から女子の本音をきく思いがした。

廊下に静かな足音がきこえた。

部屋の前で足音が止まり、襖が細く引き開けられた。

弥生が顔を見せた。弥生は洗いたての長い黒髪を浴衣の背に流している。ほんのりと頬を上気させ、文史郎にちらりと流し目をした。

弥生は科（しな）を作っていった。

「文史郎様、お待たせしました。あちき、花魁の弥生にございます」

文史郎は思わず、盃の酒をぷっと吹き出した。あわてて手拭いで零（こぼ）れた酒を拭った。

四

首代佐助が長屋に顔を出したのは、翌日の昼過ぎのことだった。

佐助は戸口に控え、文史郎に頭を下げた。佐助は着物を尻端折りし、月代の髷を粋に斜めに、精悍な顔をしている。いかにもすばしこそうな体付きの若衆だった。

「殿様、今朝、姐さんからきいた木内勇之進様と伊能竜勝様の住まいに寄って来やした。ところが、二人とも一月（ひとつき）ほど前に長屋を引き払ってやした」

文史郎は左衛門と顔を見合わせた。

一月ほど前といえば、月影党一味の押し込み強盗が始まる少し前だ。

「二人は、どこに住んでいたのだ？」

「両国の回向院の裏手でやす」

「二人はいっしょに住んでいたのかい」

「へい」

木内と伊能は、月影党一味の隠れ家に移ったということか？

「どこに行ったかは分かるか？」

「いえ。それは分かりません」

「行方を調べることはできるか？」

「へい。時間は多少かかりやすが、人捜しは慣れていやすんで」

佐助はにたりと笑った。

廓の客の中には、遊女の花代を払えず、家まで若い衆の付け馬がついて行く場合がある。中には、その付け馬を振り切って逃げる客もいるので、首代たちは、そうした客を追跡する術を身につけているのだ。

文史郎は一瞬考えた。

そのまま首代佐助に調べさせるのがいいのか、あるいは、小島啓伍に届けて町方に二人の行方を調べさせるのがいいのか？

もし、町方の岡っ引きたちが、二人の行方を嗅ぎ回れば、二人は自分たちを町方が嗅ぎ付けたと警戒し、さらに奥へ逃げ込むだろう。

一方、廓の首代たちが密かに動くのなら、波風はあまり立たない。二人も茜が捜していると思い、向こうから茜に連絡を取るかもしれない。

　文史郎は後者を選択した。

「佐助、なんとか、二人の行方を調べてくれ」

「殿様、調べるのはいいんですが、ウラに町方がいるのでやすか？」

　つまり、佐助は町方の依頼で人捜しをするのか、をきいている。

「いや、おらん。あくまで、われら相談人としての仕事だ。奉行所は関係ない」

「それをきいて安心しやした。あっしら岡っ引きとは違いやすんで。奉行所のために働くつもりはないんで」

　佐助はにやりと笑った。廓の首代たちには、廓を守っているという自負がある。

「では、今日のところは、これで失礼しやす」

　佐助はぺこりと頭を下げると、敏捷な身のこなしで細小路に消えた。


　それから、首代佐助は顔も見せず、なんの知らせも寄越さなかった。

　町方の小島啓伍からも、別途、木内勇之進の行方や月影党一味を追っている玉吉からも、その後、知らせがない。

　日に日に虫の声が高く、多くなり、秋が深まって行く。

日没時に南中した月は右半分が輝き、深夜には弦を上にして月入りし、日に日に膨らみはじめた。

いよいよ月影党一味が予告した仲秋の名月の日が近付いて来る。

二人の行方を調べようにも、調べる術（すべ）がない文史郎は、ただひたすら待つのみだった。

文史郎は弥生の道場で、毎日、弥生や門弟相手に、稽古に励んでいた。

首代佐助がひょっこりと道場に顔を出したのは、七日ほど経った午後のことだった。

左衛門が道場の玄関先をうろつく佐助を見付け、すぐに奥の座敷に招き入れた。

「殿様、木内と伊能お二人の居場所が分かりやした」

佐助は座敷に座ると小声でいった。

「おう。そうか。どこだ？」

「それが……」

いいかけて佐助は懐の刀子（とうす）を手に、軀を低くし、庭の障子戸に向かって構えた。

庭に人が飛び降りる気配があった。

「誰でえ、そこにいるのは？」

「待て、佐助」

文史郎と左衛門は、すぐにそれが玉吉だと分かった。

左衛門が障子戸を引き開けた。

玉吉が縁側の前に控えていた。

「玉吉、どうした？」

「おめえ……」佐助が戸惑った顔で、玉吉と文史郎の顔に目を走らせた。

玉吉がにやっと笑った。

「殿、こいつ、妙なところをうろついていやがったんで、怪しいやつと思い、あとを尾けて来たんでさ。なんだ、殿の手の者だったんですね。安心しました」

「うむ。この男は首代の佐助だ」

文史郎は、次に玉吉を佐助に紹介した。

「こいつも殿様の手の者だったんでやすか。妙に粘っこく付きまとわれたので、てっきり敵方かと思っていたんですが、なんだ、味方だったんですかい」

佐助は安堵し、手にした刀子を懐の奥に戻した。

「玉吉、遠慮せずに上がれ」

左衛門が障子戸から座敷に上がるように玉吉に促した。

「へい。では、失礼します」

玉吉は縁側から座敷に上がり、障子戸を閉めて、文史郎の前に座った。

「そうか。玉吉と佐助は、同じ木内たちを捜すうちにぶつかったというわけか」

文史郎は玉吉と佐助の二人を見てうなずいた。さすが二人は凄腕の忍びだ。

「二人ともご苦労だった。木内勇之進と伊能竜勝を見付けたのだな」

「へい。そのあたりは、まず佐助さんの方から」

玉吉は佐助を立てていった。佐助は玉吉よりも、二つ三つ年上に見える。

「へい。では、あっしから申し上げます。二人の行方を辿ったら、なんと廓近くの仕舞屋に出入りしてやした。おそらく、そこが月影党一味の隠れ家なんだろうと思います」

「廓近くの仕舞屋だと?」

佐助が懐から紙を取り出して、文史郎の前に拡げた。筆で描いた略図だった。

廓らしい四角形の印があり、その前を日本堤が横線で描かれている。その先に大川らしい川の線がある。

「吉原はここ、その前に日本堤があって、堤を歩いて行くと、大川に繋がる掘割の山谷堀になりやす。その山谷堀の船着き場から北へ少しばかり行くと寺社や武家屋敷、仕舞屋がありやす」

佐助は山谷堀と書かれた文字を指で差し、ついで、そこから北に延びる千住道（せんじゅみち）を辿り、一軒のバッテン印がついた仕舞屋を示した。仕舞屋からは田圃を挟み、吉原が望める。その仕舞屋を指で押さえながら玉吉に向いた。

「そうだね、玉吉さん」

「そうです、殿、佐助さんのいう通りです」

玉吉はうなずいた。

廊下の襖が開き、稽古着姿の弥生が入って来た。

「あら、玉吉さんも来ていたのね」

玉吉と佐助は、眩しそうに弥生の稽古着姿を見ながら挨拶した。

弥生は玉吉、佐助に笑顔で応対している。

傍目にも凛凛しい稽古着姿の弥生は、男姿なのに美しく色気を感じさせる。

文史郎はあらためて佐助に訊いた。

「佐助、どうやって木内と伊能の居場所を見付けたのだ？」

「へい。手下たちに聞き込みをしたんですが、まるで手がかりがねえんで、仕方なく、伊能様とよく廓に遊びに来ていた浦上進之介様に張りつくことにしたんです」

文史郎は玉吉の顔を見た。玉吉は表情を変えずにきいている。

「ほう。いいところに目をつけたな」

「案の定、浦上様がお連れ様とお越しになられたので、その帰りから浦上様にぴったりと張りついたんでさ。そうしたら、浦上様は、そのお連れ様とは山谷堀で別れ、隠れるようにして千住道に戻り、この仕舞屋に入ったんです」

佐助はバッテン印をつけた仕舞屋を指で叩いた。

左衛門が尋ねた。

「いったい、誰の家なのだ?」

「さあ、そこまでは調べませんでした。玉吉さんは?」

玉吉が知っているという風にうなずいた。

「元は船問屋旭屋(あさひや)の旦那が妾を囲い込んでいた家でした。その旭屋の旦那が亡くなって、しばらく空き家になっていたのを、浦上たちが密かに住み着いたんで」

「旭屋さんというのは、薩摩藩お抱えの船問屋じゃないですかい。旭屋の大旦那様は、一時羽振りがよくて、吉原で大盤振舞をなさっておられた」

佐助がいった。文史郎は左衛門と顔を見合わせてうなずき合った。

「そうか。薩摩繋がりだな。佐助、それから、どうした」

「今度は、その仕舞屋に、二六時中張り込んだんで。そうしたら、ある日の夕方、薄暗くなりはじめた時分に、木内様と伊能様が仲間の侍たちと連れ立って仕舞屋を出て来るのを見付けたんでさ」

「ほほう。それで」

「みんなで廓にでも遊びに来るのかな、と思ったら、日本堤をうろうろしているだけで来ない。しばらくしたら、山谷堀あたりの居酒屋にしけこんで、静かに酒を飲んでいた。そのうち夜が更けたら、また大人しく帰って行った」

「なるほど。で」

「それからも、ずっと張り込んでいたんですが、お二人は仕舞屋から出て来ない。それで、二人ともあそこに住んでいると思い、お知らせに上がったんです」

「そういうことか」

「だから、あの仕舞屋を直接訪ねて、木内様や伊能様に面会するのもいいし、あるいは、どこかに呼び出して会うのもよし、ということです」

「そうか。いまも、手下が見張っているのだな」

「へい。出て来たら、あとを尾けるように指示してありやす」

　玉吉が口を開いた。

「佐助さん、浦上が廓でよく会っていたという連れとは、いったい、誰なんです？」

「薩摩藩留守居役の高木康介様、ときに家老の五代友成様だった」

佐助はすらすらと答えた。玉吉は納得したようにうなずいた。

「そうですかい。浦上は薩摩藩留守居役高木様や家老の五代様と廓の中で落ち合っていたんですかい。分かりやした。あっしらは廓の中までは入れねえんで、中で誰に会って、話をしているのか分からずに、困っていたんですが、これで助かりやす」

「玉吉、どういうことなのだ?」

「へい。月影党一味の後ろに誰が居るのか、薩摩らしい、というところまでは分かっていたんですが、実際の名前までは摑めなかった。これで、だいぶはっきりして来たんで」

玉吉はにやっと笑った。

「高木康介と五代友成というのは、どういう人物なのだ?」

「お二人とも薩摩藩の重鎮でやす。高木康介は薩摩の江戸藩邸の財政を握っている男だし、五代友成は幕閣の何人かとも親しく、公武合体政策を推進している一人」

「なに、二人とも倒幕派ではないのか?」

「はい。どちらの方も尊皇ではあるが、必ずしも反幕府ではないのです。しかし、裏で何を画策しているかは分からないので、松平義睦様も用心なさっておられますが」

文史郎は頭を振った。

「政治のことは、複雑怪奇。余は口出しはせん。わしらのやるべきことは、お絹から依頼された事を実行することだ。伊能竜勝を見付け、お絹たちの許に戻るよう説得する。それ以外のことには関わらぬようにしたい。みんな、いいな」

「はい」「はい」

左衛門も弥生も、そして、玉吉も佐助も一応返事をして、うなずいた。

弥生が疑問を呈した。

「文史郎様、一つだけ心配があります」

「なんだ?」

「伊能竜勝殿を説得し、お絹様の許に返すにしても、茜様はどうなるのですか? 茜様を廓から足抜けさせることができねば、きっと伊能殿はお絹様のところに戻らないのでは?」

「ううむ。そうだな」

「それから、木内勇之進殿も、妹の茜様をなんとか身請けしようとしています。二人とも、そのために月影党一味に入っているのでしょう? 大きな金を得るために」

「そうだのう」

「殿、弥生殿のいう通りですぞ。木内と伊能は、茜殿を遊女にしたことに責任を感じている。それで、月影党一味の計画に加担して、大金を手に入れ、茜殿を身請けしようとしている」

「うむ」

「ということは、月影党の吉原金塊道中襲撃計画が成功せねば、茜殿を身請けできないことになりましょう」

「なんですって？　吉原金塊道中襲撃計画があるというのですかい？」

首代佐助が顔色を変えた。いまにも、血相を変えて座敷から飛び出しかねない形相をしている。

「待て、落ち着け。佐助」

文史郎が佐助を手で制した。

「そうだった。ここには首代佐助がいるのを忘れるところだった」

首代は、何はともあれ、廓に関わる一大事となれば、廓を守るために命を張る若い衆の一人だ。

「それを月影党一味がやろうとしているんでやすかい？」

「そうだ。我々は、そんなことをやらせまいとしているのだ」

「そうときいちゃあ、あっしらも黙っておれない。首代の面子（メンツ）にかけて……」

「待て、佐助。おぬし、茜を、つまり姐さんの藤壺を助けたいと思わないのか？」

「…………」佐助は座り直した。

「佐助、おぬし、藤壺のためなら命を張るのだろう？」

「へい。それがあっしら首代の務めでやすから」

「おぬし、いまのまま藤壺を廓に縛り付けておいていい、と思うか」

「それは藤壺姐さんの運命だと……」

文史郎は佐助の言葉をさえぎった。

「違うな、佐助。運命は変えられる。おぬしが望みさえすればだが」

「…………」

「もし、藤壺が廓から逃げ出したら、いかがいたす？」

「廓の掟（おきて）では、捕まえて連れ戻します」

「ただ連れ戻すだけではないな？」

「へい。焼きを入れて、二度とそういうことがないように見せしめにします」

「それが廓の掟だな」

「へい」

佐助は首を垂れた。

「たとえ、おぬしが好きな藤壺でも、そうするのだな？」

おぬしが好きなという言葉に、佐助はぴくりと反応した。

「へい。そうします」

「では、藤壺が佐助に、いっしょに逃げて、死んでくれ、といったら、いかがいたす」

「……心中でやすか？」

「そうだ」

「断ります」

「なぜ、おぬし、藤壺が死ねといったら死ねるのだろう？　いっしょに死のうといわれて、なぜ、断る？」

「それは……」

佐助の端正な顔が青くなり、かすかに歪んだ。

弥生が見かねて口を挟んだ。

「文史郎様、佐助さんに無理な質問ですよ」

「弥生、黙っておれ。いま大事な質問をしている。佐助は分かっている。なぜ、断るのだ？」

佐助は顔を上げた。

「姐さんには生きていてほしいんで。おれなんぞと死んではいけねえ。生きていれば、必ずいいこともあるって」

「うむ、それでいい。佐助、おぬし、藤壺に惚れておるな」

「…………」佐助は黙った。

「正直になれ。廓の掟では、首代が付いている花魁に惚れてはならぬそうだな。ご法度になっている。だが、佐助、藤壺のためなら、命も惜しくないのだろう？」

「へい。……惜しくありません。藤壺姐さんのためなら、いつ死んでもいい」

「余は、藤壺が佐助を見る目が違うのに気付いたのだ。藤壺も、口には出さないが、佐助に惚れている。だが、遊女の身なので、それを佐助にはいいかねている、とな」

「文史郎様、それほんとですか？」

弥生の顔が急に明るくなった。左衛門もうなずいた。

「さよう。拙者もそう思ったですな。廓の部屋で、佐助が部屋に入ってくるのを見た藤壺の顔は一瞬変わった。佐助を心から慕っている顔だった。地獄で仏を見るようにな」

「…………」

佐助は消え入るように身を縮めていた。

「佐助、藤壺の足抜けを手伝ってくれぬか？」

「…………」

「藤壺を無事に生きて廓から出してやってくれぬか？　藤壺のために助けてやってくれないか？」

「……それは、あっしに死ねというようなものでござんす」

「そうではない。藤壺を連れて逃げて、二人いっしょに夫婦になり、幸せになれ、といいたいのだ」

「…………」

「佐助、運命は変えられる。それもいい方向にな。やってみろ。やってだめだったなら、それは運がなかっただけのこと。はじめから何もやらなかったら、運命を変えることはできん。万が一、失敗して死んでも、惚れた女子のために死ぬなら男子の本懐ではないか」

「…………」

佐助は考え込んだ。文史郎はうなずいた。

「すぐに結論を出せとはいわぬ。これから、起こることに、決断を迫られることがあろう。そのときまで自分の考えを決めておけば、どの道を選択しても迷うことなく進むことができるだろう。それまで、ようく考えておくんだ。いいな」

「へい。ありがとうございやす」

佐助は大きくうなずいた。

文史郎はみんなを見回した。

「さっきの話の続きだ。月影党一味は、吉原金塊道中襲撃を考えている。もし、それを御上に通報して阻止すれば、月影党の目論見(もくろみ)はもちろん、伊能と木内の思い、茜を身請けしようという目論見も潰れることになる。その結果、茜は自由にならないし、従って、伊能はお絹の許に戻らない、戻れないという事態になる」

「八方ふさがりでござるな」

左衛門は考え込んだ。

文史郎はうなずいた。

「不幸が不幸を呼び、誰にとっても不幸が続くことになる。だが、この悪の輪廻(りんね)を断ち切り、幸せの輪廻に変える手がないでもない」

弥生の顔が明るくなった。

「どういうことでございますか？　その手をいうのは？」

「それには、木内、伊能と会って、彼ら二人を我らの味方に引き入れることが前提になる。二人の協力が絶対に必要なのだ」

左衛門が半信半疑の面持ちで尋ねた。

「二人を引き入れて、どうなさる、というのですか？」

文史郎は、見回した。

「月影党一味に、計画通りに、吉原金塊道中襲撃を決行させるのだ」

みんなは顔を見合った。

そこで文史郎は考えている計画を話しはじめた。

みんなは神妙な顔で聞き入っていた。


文史郎は佐助に訊いた。

「吉原金塊道中は、いつも、どう行なわれるのだ？」

「へい。吉原金塊道中は、人目がない真夜中から明け方の未明にかけて、たいがいは満月の明るい夜を選んで行なわれます。新月の真っ暗闇では盗賊に待ち伏せされては困りますんで」

「金はどうやって運び出すのだ？」

「荷車に積んででやす」

「千両箱や何かに詰めてであろうな」

「はい。大概は千両箱や大箱に金貨銀貨を詰め、荷車三台ほどに分載し、廓から運び出しやす」

「金銀は、いったい、どこへ運ぶのだ？」

「蓮池御金蔵でやす」

蓮池御金蔵は江戸城の桔梗門前の蓮池堀に面した幕府の金蔵である。幕府の財政を握る勘定奉行の支配の下にあり、普段から金銀の出納に使われていた。

幕府御金蔵には、もう一つ城内地下に設置された奥金蔵があるが、いざというときの幕府軍資金の金蔵で、普段は金銀の出入は行なわれていない。

「蓮池堀まで陸路で運ぶのか？」

「昔は、そうしていたらしいのですが、最近は船を仕立てて、運搬します」

左衛門がうなずいた。

「そうだろうな。夜中に運ぶとしても、途中強盗団に襲われかねない」

文史郎が訊いた。

「どうやって、船に載せるのだ？」

「たいがいは山谷堀の船着き場で荷物を高瀬舟に積み込みます」

「そして、大川を下って掘割に入り、江戸橋、日本橋を潜って内堀に抜ける、という経路だな」

「へい。おそらくそうではないか、と。なんせ廓の大門から荷車を出すまではあっしら首代の責任でやすが、一歩大門から出たあとは、あっしらは関係なく、すべては御役人の責任でして」

「では、荷車を押す人夫や途中の護衛は幕府の役人がつくのだな」

「さようで」

佐助はうなずいた。

「山谷堀の船着き場からは、どうなるのだ？」

左衛門が口を挟んだ。

「殿、金銀を船に載せたあとは、おそらく江戸船手が護衛につくかと」

「そうか。とすると……」

文史郎は腕組をし、考えた。

「月影党が吉原金塊道中を襲うのは、荷車が大門を出て、日本堤の道を行き、山谷堀の船着き場に到着するまでのどこかしかないな」

「殿、奪った荷物を月影党は、どうやって運ぶのですかね？」

　左衛門が訝った。

「もし、余が月影党だったら、いったん、荷物は奪った荷車ごと、どこかの隠れ家の納屋にでも隠しておく。そして、ほとぼりが覚めたころ、近くの船着き場から、船に荷を積み込み、どこかの蔵屋敷に運ぶだろうな」

「どこの蔵屋敷ですか？」

「もし、ほんとうに月影党の後ろに薩摩がいたら、きっと金塊は薩摩の蔵屋敷に運ぶ」

　玉吉が静かな口調でいった。

「殿、おそらく、月影党が廓近くの仕舞屋を隠れ家にしたのは、奪った荷車を運び入れるためだと思います」

　文史郎は腕組を解いていった。

「よし。月影党の襲撃計画は分かった。やつらは日本堤で荷車の一行を待ち伏せする。そうと決まったら、事を急がねばならない。佐助、今夜、下見をする。それから、伊能と木内に会おう。会って、我らの計画を話す。二人を我らの側に取り込む。いいな」

「へい」

佐助は覚悟を決めた顔でうなずいた。

五

夜が更けると、虫の声が一段と高くなり、喧しいくらいになった。

上弦の月は膨らみ、徐々に満ちはじめているが、まだ満月ほどではない。

文史郎と左衛門は、首代佐助の案内で、日本堤の道を歩き、月影党一味の隠れ家と目される仕舞屋を遠くから見て回った。

吉原から帰る客たちが、ぞろぞろと、廓の明かりを振り返り振り返り、名残り惜しそうに帰って行く。

文史郎は左衛門と顔を見合わせ、苦笑した。

「よほどいい思いをしたのでござろうな」

「うむ。一時でも、幸せになればいいではないか。それでなくても、この世は、嫌なことに満ちておるからな」

文史郎は呟くようにいった。

通りすがりの男たちは、どこか腑抜けのようになって力なく歩いている。なかには、粋な都々逸を唸りながら、なおも遊女との邂逅の余韻に浸ってふらついている者もいる。

通りすがりの柳の下から、ふと黒い男の影が現れ、佐助とすれ違い様に囁いた。

佐助がうむとうなずくと、男の影は柳の下の暗がりに戻って消えた。

「木内様も伊能様も、まだ姿を見せないそうです」

柳の下の黒い影は、佐助の手下だった。仕舞屋周辺に、こうした佐助の手下が何人も張り込んでいる。

衣紋坂の手前にさしかかり、見返り柳に来ると、吉原遊廓は月明かりと蠟燭の明かりで、まるで極楽のような輝きに満ちていた。それを見るだけで、吉原が別世界であるのが分かる。

「引き返しましょう」

佐助が坂を下りかけた文史郎にいった。そのまま坂を下りれば、五十間道の先に大門がそびえている。左衛門はすでに足を止めている。

「うむ。今夜は遊びに参ったのではないからな」

文史郎も自分自身にいいきかせるように呟き、渋々と踵を返した。

吉原帰りの客たちに混じり、付かず離れず、ゆるりと大川方面に向かう。

しばらく歩くと山谷堀の船着き場だ。そこでは廓帰りの客を待つ屋根船、猪牙舟が何艘も舳先を並べていた。

ゆるゆると歩いた客たちは、船着き場への坂を下り、二人、三人と猪牙舟や屋根船に乗り込んで行く。

猪牙舟や屋根船は客を乗せると、一艘また一艘と大川に繰り出して行く。

栈橋は三本並行して川に突き出しており、三本のうちの左端の栈橋に、ひっそりと屋根船が一艘繋留されていた。

屋根船の船尾に人影が立っていた。玉吉の顔が提灯の明かりに浮かんだ。

玉吉は提灯を上下させた。用意万端整っている。

佐助が船着き場に下りる坂道を差した。坂の下には、幅三間長さ五十間ほどの平坦な空き地があった。

「当日、廓を出た荷車はこの坂を下り、いったん積み荷を空き地に下ろします」

「荷車は何台出るのだ？」

「そのときの金子（きんす）や銀貨の量によりますが、だいたい三台ほどが出ます」

「荷車で運ばれる金貨銀貨は、いったい、どのくらいなのだ？」

「通常千両箱なら三十箱ほど。多いときは四十箱になりましょう」

「三万両から四万両にもなるか」

「へい」

「荷車一台に千両箱なら十箱ほど積むことになるな」

「へい。それも千両箱といっても、大判小判が揃って詰め込まれているってわけではないんでやす」

「ほう」

「なにせ花代、床代などの上がりなんで、大判小判だけでなく、一分金やら一朱金とかが大量に交じっているんでやす。それらが頑丈な千両箱に詰められているんです」

「なるほど」

「しかも、金貨だけではなく銀貨、銅銭を詰めた箱もあるんで。丁銀(ちょうぎん)、豆板銀(まめいたぎん)、一分銀やら一朱銀、そうした銀貨が詰められた箱も何十個とある。さらに銅銭の一貫文が詰め込まれた箱もありやす」

金貨が詰め込まれた千両箱は一箱、おおよそ六、七貫（約二二～二六キログラム）はある。

「通常なら三十箱ほどがここに下ろされ、高瀬舟に積まれます」

「三十箱か。多いな」

月影党は、もし荷車ごと金銀を強奪しても、遠くまでは逃げられないだろう。だから、きっと奪った金銀を、あの仕舞屋に一時隠す。そうやって、乗り切ろうとするに違いない。

文史郎は月明かりを浴びた仕舞屋を見た。

仕舞屋の明かりは見えない。伊能や木内は、いつ出て来るというのか？

佐助がそっと囁いた。

「出るとすれば、もう少し人通りがなくなるころです」

「うむ」

「船の中でお待ちください。二人が出て来たら、お連れします。あっし一人なら目立たないので」

「頼む」

文史郎は左衛門を従え、船着き場の階段を降りた。桟橋に横付けされた屋根船に乗り込んだ。

玉吉が竿を水の中に立て、船の動揺を抑えた。

「入るぞ」

文史郎は屋根船の障子戸に手をかけ、中にいる弥生に声をかけた。

「はい。どうぞ」

暗がりから弥生の声が返った。障子戸を引き開けると、中で若侍姿の弥生が袴の裾の乱れを直し、正座した。

行灯は消してある。

続いて左衛門が中に入って座った。

「まだですか?」

「うむ。いつになるのか、分からない。いまのうち、休んでおけ」

文史郎は刀を支えにし、胡坐をかいた。

左衛門は障子戸を細目に開け、外を窺った。

「今夜、二人は現れますかね」

「伊能、木内のどちらでもいい、顔を出してくれるといいのだが」

文史郎は呟くようにいった。

伊能、木内が現れたら、すかさず佐助が対応する。二人とも佐助が藤壺付きの首代だと承知している。

佐助の誘いなら、二人とも藤壺の意向が入っていると思い、誘いに乗る。

文史郎は、それに賭けた。

船はゆっくりと揺れている。揺れは快い。目を閉じていると、睡魔が襲って来た。しばらくは我慢していたが、いつしか刀を支えにして、うたた寝をしていた。

ふと弥生の顔が背に凭れかかるのを感じた。弥生も疲れているのだろう。文史郎はじっとしていた。弥生の顔の温かみが背に伝わってくる。触れているだけでも気持ちが和む。

文史郎は夢を見た。なんの夢かは分からない。

「殿、来ました」

左衛門の声に、文史郎ははっと目を覚ました。弥生もはっとして寄りかかるのをやめ、姿勢を正した。

文史郎は弥生とともに奥へ詰めた。左衛門も船縁に寄り、席を空けた。

桟橋にひたひたと足音が立った。船の外に何人かの人影が立った。

「こちらです。どうぞお乗りください」

佐助の低い声がきこえた。乗り込む気配があった。船がゆったりと揺れる。

「御免くだされ」

男の声があり、障子戸が音を立てて開いた。

月明かりに二人の侍が浮かんだ。一人はきちんと月代を剃り、髷を結った、いかにも上士の気品がある袴姿の侍。

もう一人は頭の月代はなく、髪を無造作に結って髷にし、小袖を着流した浪人者だ。

「御免」

「失礼いたす」

二人は姿勢を低め、あいついで部屋に入り、並んで座った。二人の後ろに佐助が潜り込むようにして座った。

障子戸が閉められると、船がゆっくりと動き出した。玉吉は船を大川に出そうとしている。

「この中でなら、他人に話をきかれる恐れはない。伊能殿、木内殿、安心されよ」

左衛門が穏やかな声でいった。

「そうでござるな」

上士らしい態度の侍が低い声で答えた。

「それがし、伊能竜勝にござる」

「拙者は木内勇之進。どうぞ、御見知りおきください」

浪人者が急いで付け加えた。

左衛門が文史郎と弥生を紹介した。

「我らは相談人でござる。佐助が申し伝えたと思いますが、殿と弥生殿は茜殿にお会いし、直々に相談事を承った」

「これが、その証でございます」

弥生は茜の直筆の手紙を伊能と木内に見せた。手紙の中身は二人に相談人の話をよくきいてほしいとあった。

「分かりました」「確かに」

二人は茜の手紙を認め、弥生に返した。

文史郎は単刀直入に切り出した。

「お二人に相談したい。茜殿を廓からお金で身請けするのではなく、足抜きさせたい」

「な、なんと」

「そのようなことができるのでござるか?」

伊能も木内も驚いた。

「でき申す。それには、おぬしたち二人の力が欠かせない」

「どのようにいたすのだ？」

「おぬしたち、月影党一味は仲秋の名月の日、吉原金塊道中を襲うのであろう？」

二人はぎょっとして身構えた。傍らの刀に手を掛けている。

「ど、どうしてそれを……」

「うろたえるな。我々は茜殿に頼まれ、おぬしたちの味方になっている」

「し、しかし」木内は吃った。

伊能が乾いた声で訊いた。

「どうして、そのことを御存知なのか？」

「月影党は、その日、豪商たちに押し込むと予告したな。それで、奉行所も火付盗賊改めも、江戸市内の豪商の店に分散警備につくことになった」

「………」二人は黙っていた。

「敵は本能寺にあり、なのだろう？」

「と、申されると？」

「捕り方たちの目が豪商に分散して向いている隙に、吉原金塊道中を襲う。つまり、豪商への押し込みは偽旗。偽旗で幕府の目を欺き、ほんとうの狙いの吉原金塊道中を襲う」

二人は顔を見合わせた。

「月影党の目論見はなんだ？」

「………」二人は顔を見合わせ黙った。

「それがしがいってきかせよう。幕府は権力維持の財源として、吉原に集まる金銀を定期的に御金蔵に移している。その吉原金銀を横取りし、幕府は何をせずとも月々何万両もの金銀を手に入れている。月影党は、その吉原金銀を横取りし、幕府の財政を脅かす。横取りした金銀は、薩摩の金蔵に入れ、異国から武器弾薬を購入する軍資金にあてる。そういう目論見であろう？」

「……概ね、その通りだ」

「おぬしら、その月影党の一員として、襲撃に参加し、大金を得ようと考えたのだろう？　その金で茜殿を請け出そうと。違うか？」

「さよう。そうするつもりだ」

伊能が素直に答えた。木内もうなずいた。

「おぬしら、襲撃で得た金の分け前が、茜殿を請け出すほど高額だと思うのか？」

「長が保証した。必ず茜を請け出す金を渡すとな。な、木内、おぬしにも長は約束したよな」

「しかり。長は武士に二言なしと申した」

「おぬしらの長、浦上進之介がなんと申したか分からぬが、そんな保証はない、と思え」

「浦上殿は、我らの頭ではあるが、月影党の長ではない」

「そうか。月影党の長は玄斎殿だったな」

「おぬしら、そこまで知っているのか？」

伊能は驚き、木内と顔を見合わせた。

「玄斎殿がいかにおぬしらにいおうと、おぬしらだけに茜殿を身請けする大金千両も二千両も払うはずがない。そうしたら、ほかの仲間にも支払うことになり、倒幕の軍資金はほとんどなくなるだろう」

「何をいうか。おぬし、玄斎様を嘘つき呼ばわりするのか」

「事と次第によっては許さぬぞ」

二人は共に気色ばんだ。刀に手をかけた。

「まあ、待て」

文史郎は二人を手で制していった。

「冷静に考えてみよ。仮にも襲撃がうまく行き、何万両もの金が月影党に入ったとして、浦上がおぬしたちに茜殿を身請けできるほどの金を渡したとしよう。身請け金の何千両かを吉原の楼主に渡したとして、御上が黙っていると思うか？　必ず出所を調べよう」

「…………」

「御上は、我々がおぬしらを突き止めたように、簡単におぬしらが月影党の一派なのを突き止めるだろう。そして、吉原金塊道中を襲撃して得た金だと見たら、おぬしらを捕まえるだけでなく、身請けにあてた金は幕府の金だとして没収するだろう。そうなると、茜殿は吉原を足抜けできぬばかりか、おぬしたちの共犯者として獄に繋がれる。それでもいいのか？」

木内も伊能も苦渋の顔になった。

文史郎は駄目押しでいった。

「なによりも、茜殿は喜ぶまい。茜殿は、おぬしらにくれぐれも悪事に手を染めるようなことはしてくれるな、と懇願していた。汚れた金で身請けされるくらいなら、いっそ廓に身を沈めたままでいいともな」

伊能は頭を掻きむしった。

「では、どうしろ、というのだ？」

「我ら二人は、この段になって、いまさら、玄斎様や月影党の仲間を裏切るようなことはできない」

　木内は沈んだ声でいった。伊能も頭を振った。

「襲撃をやめろというのだろう？」

　文史郎は頭を横に振った。

「いや、やめない。むしろ、おぬしらに計画通りに襲撃してほしいと思っているのだ」

「ええっ？」

「なんですと？　どうして？」

　二人は訝った。

「そのどさくさに、茜殿を廓から脱出させ、金を使わず、自由にする」

「そんなことができるのか？」

　伊能が喘ぎながら訊いた。

「できる」

「どうやって？」

「襲撃のどさくさを利用して、首代の佐助が茜殿を救け出してくれるのだ」

文史郎は二人の後ろにいる佐助に声をかけた。

「どうだ？　佐助、覚悟は決まったか？　藤壺の命はおぬしにかかっている。おぬし、手伝ってくれるな」

「へい。藤壺姐さんのためなら、男佐助、一世一代の大博打を打ってみます」

佐助はきっぱりと言った。

「しかし、どのような段取りで？」

木内がおずおずといった。

文史郎は左衛門と顔を見合わせ、茜を脱出させる計画を伊能と木内に話しはじめた。

二人は膝を乗り出して文史郎の話に耳を傾けた。

六

藤壺は馴染み客の床（とこ）を抜け出し、よろめきながら廊下を歩いた。

哀しかった。好きでもない客に抱かれるのは、花魁の運命とはいえ、己の身が哀れだった。ときに、このまま死んでしまいたいと思うこともあった。

二階の窓から十三夜の月を見上げた。月の満ち欠けは、永遠にくりかえされている。

いま私を愛しく思ってくれる人は、誰一人いない。伊能様にはお絹様がおられる。いくら口ではいいことといってくれても、伊能様はきっとお絹様の許にお戻りになる。

それに比べて、私はなんと孤独で不幸なのだろう。あの月のように、一人寂しく齢だけを重ね、死んでいく。

藤壺は、深い溜め息をついた。

「姐さん」声がかかった。

廊下の隅に蹲（うずくま）る人影があった。顔を見るまでもなく、首代の佐助だと分かった。

「佐助」

藤壺ははっと思い当たった。誰にも愛しく思われていないということはない。いつも、傍らに佐助がいるではないか。佐助は首代としてだが、いつでも私のために死ねるといってくれている。

「佐助、どうしたの？」

佐助はいつになく真剣な眼差しで藤壺を見上げていた。

不意に佐助は立ち上がり、藤壺の手を取った。藤壺がたじろぐと、佐助は藤壺を引き寄せて軀を抱いた。

「佐助、こんなことをしたら……」

藤壺は戸惑った。

首代が花魁に手を出すのは御法度だった。見つかれば、首代はほかの首代や若衆に殺される。花魁も殺されることはないにしろ、死んだほうがましのような辱(はずかし)めを受け、最下等の女郎に売り飛ばされる。

佐助は藤壺の口を激しく吸った。優しくも激しい抱擁だった。

藤壺はこの世に己一人ではないのを悟った。佐助もこころに孤独を抱えているのを、そのとき初めて分かったのだ。

佐助は空き部屋に藤壺を抱いたままなだれ込んだ。

藤壺は佐助に抱かれて幸せだった。もう何もいらない、何も恐くない、と思った。

佐助は藤壺を蒲団の上に押し倒しながらいった。

「姐さん、あっしを信じてくれやすかい」

「あい。佐助さん」

藤壺は素直にいうことができた。

「あっしは、命をかけて、茜様を足抜きさせます」

「え？　あちきを、いや私を藤壺ではなくて、茜と呼んでくれるのですか？」

「詳しく話す時間がありません。十五夜の日、あっしが茜様をお迎えに参ります」

「はい」

「その日、廓は大騒ぎが起こります。そのどさくさに紛れて、茜様を外にお連れします。だから、待っていてください」

「はい」

「もし、失敗したら、あっしは茜様といっしょに死にます」

「うれしい。私も佐助さんとなら」

佐助はぱっと藤壺から離れた。廊下に人の気配があった。不寝番の見回りだった。

藤壺は蒲団の中で身を縮めた。不寝番の歩く足音が部屋の前を通り過ぎた。

「佐助さん」

藤壺は小声で呼んだ。だが、どこにも佐助の姿はなかった。隣との間の襖がわずかばかり開いていた。

藤壺は溜め息をついた。幸せの吐息だった。

抱き締められて、囁かれた佐助の声が耳に残っている。幸せだった。

仲秋の名月の日。何かが起こる？

生きる張り合いができた。佐助となら、生き延びたい。そう思う気持ちが湧いてきた。

どこかから、月に向かって吠える犬の遠吠えがきこえた。

七

天空にはまん丸な満月がかかっていた。

薄い衣のような秋の雲が棚引き、わずかに月にかかっている。

いよいよ仲秋の名月の日だ。

文史郎は堤の上から山谷堀の船着き場を見回した。煌々（こうこう）とした月の光で、あたりは真昼と見紛（みまが）うほど、明るく照らされていた。

三本の桟橋には五艜の高瀬舟が繋留されていた。いずれも吉原金塊道中の金銀を積み込んで運ぶ予定の船だ。

桟橋には警備の役人や船の人夫たちが屯していた。のんびりとキセルを吹かしている姿が月明かりに照らされていた。

夜は更けて、丑（うし）の刻（午前二時）になった。

あたりの家々は寝静まり、明かりも見えない。

玉吉が近寄り、小声でいった。

「殿、そろそろ、ご用意を。月影党が土手に張り付いたそうです」

「よし」

文史郎は弥生と左衛門にうなずいた。

手早く白襷を掛け、額に白鉢巻きをきりりと巻いた。

左衛門も弥生も、白い襷掛けで、白鉢巻きをしている。

日本堤の土手の草叢には、火付盗賊改めの侍たちが待機している。その数、五十人。

いずれも弓手組、槍組の精鋭たちだ。

文史郎が兄の大目付松平義睦に事情を話し、急遽集めた軍勢だった。火付盗賊改めの組頭は、月影党一味は豪商を襲うという情報を信じていたので、まだ半信半疑での待機だった。

それでも、文史郎の合図一つで、現場に駆け付けることになっている。

案の定、町方奉行所は、文史郎たちの偽旗説を信じなかった。月影党が事前に本日の夜、豪商の店を襲うと予告していたので、それを警戒し、捕り方たちを市内各所に張り付けたため、こちらに捕り方を回す余力はなかったのだ。

千住道沿いの仕舞屋に集結した月影党一味は、細作の偵察によれば、総勢およそ六十人。

味方には、吉原金塊道中を護衛する侍や首代たち数十人もいる。

そのため、彼我(ひが)の兵力はほぼ同じ、いや、やや我の方の兵力が多く、優勢だった。

「行列が出ました」

遠目が利く玉吉が廓の方を望みながらいった。

「よし、参るぞ」

文史郎は堤の上の道を廓の方角に向かって歩き出した。

弥生と左衛門が左右について歩く。

玉吉が身を屈め、小走りに先に行く。待ち伏せする月影党一味の様子を窺っている。

文史郎は歩きながら、火付盗賊改めの組頭に手を上げ、付いて来いという合図をした。

一斉に草叢が揺れ、火付盗賊改めの剣士たちが立ち上がり、土手の左右の斜面をゆっくりと進みはじめた。いずれも、文史郎たち同様、白襷に白鉢巻きをしている。

大門の扉が開かれ、中から出て来る荷車の隊列が見えた。荷車は五台。人夫たちが把手を引き、後ろから荷車を押している。

車の横には、護衛の侍や首代たちが付いている。

荷車には、いずれも、衣裳箱のような長方形の黒い箱が載せられている。箱の上に菰がかけられ、さらに何本もの荒縄で括られている。

佐助はうまくやっただろうか、と文史郎は不安になった。

この機会でなくては茜を足抜けさせることは難しい。

五台の荷車の隊列は五十間道から衣紋坂を登り、静々と堤の上の道を進み出した。

青白い月明かりが、深夜の荷車隊を冷たく照らしている。

突然、喚声が起こった。堤の左右の斜面から、黒装束の群れが駆け上がり、荷車隊の護衛たちに斬りかかっている。

刀と刀の打ち合う鋼の音が響いた。

「行くぞ」

文史郎は、腰の刀を押さえ、斬り合っている人の群れに駆け出した。

弥生も左衛門もすでに抜刀し、文史郎について走る。

「かかれ!」

組頭の声が叫んだ。呼子が鳴り響いた。

背後から、火付盗賊改めの兵士たちが、どっと喚声を上げて突進して来る。

いきなり、前方の道に黒装束の一団が現れ、弓矢を浴びせて来た。

文史郎は抜き打ちで降り注ぐ矢を叩き落としながら、黒装束の一団に斬り込んだ。

弥生も左衛門も続いた。そのあとを怒濤の勢いで火付盗賊改めの兵士たちが突進して来た。

たちまち堤の上は乱戦になった。

火付盗賊改めたちの弓手も弓矢で応戦を始めた。矢は空中を飛び交い、互いの人影を一人、また一人と倒していく。

文史郎は弓を弾こうとしていた黒装束の弓手を斬り、応戦するもう一人を薙ぎ倒して荷車隊に駆け付けた。

荷車隊の護衛は劣勢に追い込まれ、すでに五台の荷車の周りには、押していた人夫たちの姿はなかった。替わって黒装束たちが何台かの荷車を移動させようとしていた。

護衛の侍と廓の首代たちが、なおも必死に黒装束たちと斬り合っている。

真ん中の三台目の荷車の上に立ち、奮戦する首代佐助の姿があった。

文史郎は三台目の荷車に駆け寄り、佐助になおも斬りかかる白装束に大刀を振るった。

白装束は文史郎を認めると、車の上から飛び降り、青眼に構えた。

ちらりと左右を見ると、弥生と左衛門が黒装束、白装束と向かい合い、斬り結んでいる。

「佐助、大丈夫か」文史郎は声をかけた。

佐助は左の肩を斬られ、血を流していた。

「文史郎の旦那、でえじょうぶ。このくらいのかすり傷……。」

佐助は強がっていたが声は上擦っていた。かなりの深手に見える。

一人の白装束が呼んだ。

「文史郎、おぬし、秋月を斬った相談人だな」

「そういうおぬしは？」聞き覚えのある声だった。

「月影七人衆の一人春月。秋月の仇、斬る」

「よろしい。お相手いたす」

文史郎がいうと同時に、春月の軀が飛び上がり、上段から刀を斬り下ろして来た。

文史郎は軀を半回転させ、春月の刀を躱した。半回転させた軀に刀の背をつけ、そのまま春月の胴を薙ぎ払った。文史郎の刀が春月の白装束の胴を切り裂いた。

勝負は一瞬に決った。

春月は黒い血を噴きながら土手の斜面を転がった。

文史郎は残心しながら荷車の上の佐助に声をかけた。

「佐助、茜殿は？」

「この箱の中」

文史郎は荷車の上に飛び乗った。刀を一閃させて、荒縄を切った。菰を撥ね上げ、箱を叩いた。

「茜殿、無事か」

「はい」

弱々しいが茜の声がきこえた。

弥生が続いて荷車の上に飛び乗った。

木の蓋は釘で箱に打ち付けてあった。

「弥生、蓋を開けるぞ」

文史郎は蓋と箱の隙間に小刀を差し込み、小刀を捩じ上げて、蓋の釘を押し上げた。

弥生も手伝い、二人で蓋を引き開けた。

蓋が開いた。中に着物姿の茜が蹲っていた。

「さあ、茜さん、立って。佐助さんといっしょに逃げるのよ」

弥生が茜の腕を摑んで起こした。

「姐さん」

佐助が箱ににじり寄り、茜と抱き合った。

「茜って呼んで。まあ、佐助、怪我をしている」

「でえじょうぶでえ。これきしの傷、さ、箱から出てくんな」

「そうよ。さあ」

弥生は佐助に手を貸し、茜を箱の外に出した。

「佐助」

茜は泣きじゃくりながら、佐助に抱きついた。佐助は茜をくるりと回し、背中に背負った。

文史郎は荷車の上から、あたりを見回した。

「木内、伊能、茜は助けたぞ。出合え」

文史郎は大声で叫んだ。たちまち、一人の白装束が反応した。火付盗賊改めたちと激しく斬り合っていた白装束の一人が戦うのをやめ、するすると後退して荷車に駆け寄った。

「茜、無事か」

白装束は覆面を外した。木内勇之進だった。

「兄上」

茜は泣きながら、佐助の背から降りて、木内に飛び付いた。

「済まなかった。俺がしっかりしてなかったために苦労をかけてしまって」

乱戦の中から、もう一人の白装束が戦いをやめ、木内と茜のところに駆け付けた。

「茜殿」

伊能竜勝だった。

追ってくる火付盗賊改めの兵士たちに、文史郎が両手を拡げて止めた。

「こやつらは、いい。味方だ」

伊能は、木内と抱き合って泣いている茜に寄り添っていた。

「拙者が、おぬしを娶っていたら、こんな目に合わせずに済んだのに。済まぬ」

いきなり、白装束の数人が火付盗賊改めたちを斬り払いながら、飛び込んで来た。

「赤月、冬月、おのれら裏切ったな」

怒声が飛んだ。

「お頭、こやつら許せませぬ」

ほかの白装束たちも刀を手に木内と伊能に迫った。

「大月、それがしは裏切ったわけではない。これには、深いわけが……」

「問答無用!」

大月の軀が飛び上がり、刀を振り下ろした。木内は応戦する間もなく、肩口から一刀両断された。薩摩示現流！

一瞬のことだった。

「兄上ええ！」

茜が金切り声を上げた。

文史郎は急いで茜の軀を抱え、背に庇(かば)った。

文史郎は佐助に怒鳴った。

「佐助ッ。茜を頼んだぞ」

「へい。茜」

佐助が気を取り直し、茜を抱き留めた。茜は佐助にすがって泣いている。佐助は脇差しを腰にあて大月を睨んだ。

「おのれ、大月」

伊能の軀が、佐助の前に出た。

「おのれ、浦上、よくも木内を斬ったな」

伊能が刀を八相(はっそう)に構えたまま、大月の白装束目掛けて突進した。

「赤月、おぬしも、我らをよくも裏切ったな。おぬしのことは、玄斎様も、それがしも、信頼しておったのに」

大月はひらりと飛び上がって伊能の突きを躱した。ついで、上段に振りかざした刀を伊能に振り下ろす。

「危ない」

文史郎は二人の間に飛び込んだ。浦上の刀を刀で弾いた。だが、浦上の刀は弾かれてずれたものの、伊能の肩を切り裂いた。黒い血が噴き出し、白装束に見る見るうちに染みを作った。

「待て！」

文史郎は蹲った伊能の前に出た。大月に刀を構えて立ち塞がった。

「拙者、相談人大館文史郎。おぬしが大月こと浦上進之介だな？　おぬし、木内から訳もきかずに、なぜ、斬った？　あまつさえ、伊能竜勝までも」

「黙れ。冬月も赤月も、おぬしらと内通した。それだけで許されぬ裏切りだ。裏切り者には死を。それが月影党の掟だ」

「浦上、おぬしは木内、伊能両名から相談を受けていたはずだ。二人は吉原に身を沈めた木内の妹茜を救け出そうとしていたのを知っていたはずだ」

「だから、どうした？　尊皇倒幕という大事を前に、そんな些末な小事に関わっている暇はない」

大月は冷たく笑った。

「相談人、おぬしこそ、我らが同志秋月を斬り、さらに春月までも斬った。それこそ許せぬ。相談人、それがしと尋常に立ち合え。青月、小月、おぬしら、手を出すな」

大月は両脇の二人の白装束にいった。

「相手になろう。爺、弥生、おぬしらも手出し無用」

文史郎は、両脇で青月と小月と対峙している弥生と左衛門にいった。

「承知」「承知しました」

弥生と左衛門は返事をした。

あたりの戦いは、火付盗賊改めの捕り手たちが優勢になり、各所で黒装束たちを追い詰めていた。

「いざ」

大月の軀が月明かりの中で滑るように堤の上を移動した。文史郎は、大月の動きに合わせ、刀を向けて軀を回す。

予想通り、大月は天空で輝く満月を背にして立った。

「月影流秘剣叢雲。受けてみよ」

「心形刀流秘剣引き潮」

文史郎はそう告げ、右下段後方に刀を構えた。

相手が秘剣を使うなら、こちらも秘剣で応じるしかない。

文史郎は半眼にし、大月の動きを窺った。

大月は満月の光を背に刀を青眼に構えている。猛烈な殺気が大月の全身から放たれはじめた。それとともに、それまで薄くしか雲が掛かっていなかった満月の周囲に雲が湧き立ちはじめ、次第に叢雲が月を覆うように拡がりはじめた。

叢雲に大月の姿が隠れて、次第に影が縦長に細くなっていく。

幻術？

文史郎は目を逸らし、心眼を開いた。叢雲は消え、月光を背にした大月が刀を上段に振り上げる姿が見えた。

文史郎は右下段後方に構えた刀の切っ先を徐々に後ろに引いた。引き潮のように。切っ先をくるりと表に返した。波が立ち上がり、きりきりと引き絞った弓の弦がはち切れそうになり、波頭がいまにも崩れ落ちる寸前で刀を止めた。

大月の軀が飛翔し、満月を覆う叢雲に包まれて消えた。次の瞬間、刀が文史郎の頭上めがけて振り下ろされた。

文史郎は逃げず、引き絞った弓の弦を一気に放った。波が怒濤となって崩れ落ちる。

文史郎の刀は下から回転するように上へ跳ね上がった。

振り下ろされた刀が文史郎を真っ二つに切り下ろす寸前、文史郎の刀が一閃して大月の躯を下から斬り上げた。文史郎は同時に右足一歩前に出て、振り下ろされた刀を躱した。

大月の刀は、わずかに躱した文史郎の躯の左側をかすめて落ちた。

文史郎の刀は、深々と大月の躯を斬り上げていた。

大月は声も発せず、どうっと大地に崩れ落ちた。

文史郎は残心し、敵の攻撃に備えた。

一瞬の間があった。時が止まった。

次の瞬間、裂帛の気合いもろとも、大月の両脇にいた青月、小月が文史郎に向かって飛んだ。二人の刀がきらめき、文史郎を襲おうとした。

弥生と左衛門の躯が反応していた。刀が一閃し、同時に二人の白装束を斬っていた。

青月と小月の躯が、ごろりと転がった。

周囲にいた黒装束と火付盗賊改めの捕り手たち双方が凍り付き、動きを止めた。

緊張が解けると同時に、黒装束たちは一斉に逃げ出した。

火付盗賊改めの捕り手たちが黒装束たちを追って走る。

文史郎は残心を解いた。

弥生と左衛門が左右を固めていた。

廓の方角で喚声が起こった。大門から、首代たちを先頭に、脇差しや刀を手にした若衆が一斉に荷車を目掛けて駆けてくる。

文史郎は、茜を背負った佐助を振り向いた。

「佐助、廓の連中に見つかったら面倒だ。いまのうちに茜を連れて逃げろ」

「へい」佐助はうなずいた。

「さ、いっしょに」

弥生が佐助の腕を取った。

「すまねえ。あっしよりも茜さんを頼みやす」

佐助は背の茜を下ろした。

「佐助、何をいうの。これからは私といっしょに生きるのよ」

「だが、あっしは首代でやす。しゃばでは生きていけそうにねえ」

「何をいう。茜を独りぼっちにしていいのか」

文史郎は佐助を怒鳴り付けた。

「へい。……」

玉吉が佐助に駆け寄った。

「佐助さん、あっしの背に」

「すまねえ。玉吉さん」

玉吉は佐助を背負った。

「さ、茜さんも、あっしの船に急いでくだせえ」

「玉吉、佐助を幸庵のところへ連れて行け」

幸庵は旧松平家お抱えの蘭医だ。

「へい。合点でさあ」

「はい。佐助、これからはいつもいっしょよ」

茜は玉吉に背負われた佐助の背を押さえた。

佐助を背負った玉吉と茜は堤の道を山谷堀の船着き場目指して、走り去った。

「殿、伊能が生きてますぞ」

左衛門が伊能を抱え起こしていた。

弥生が駆け寄り、伊能の肩の怪我を調べた。

「血止めをしないと」

弥生は懐から手拭いを出し、出血する伊能の肩に当てた。襷を外し、襷で伊能の肩をぐるぐる巻きにしはじめた。

「なんのこれしきの傷」

伊能は強がりをいった。

「殿、それがしのことよりも、茜殿は無事ですか？」

「大丈夫だ。佐助が救け出した。いま玉吉が船に乗せて逃がそうとしている」

「そうですか。よかった。佐助がいれば、茜殿も安心。佐助なら茜殿を幸せにできましょう」

「伊能、佐助と茜の仲を知っていたのか」

「はい。佐助の茜殿を見る目付き、茜殿の佐助を頼りにしている様を見れば、どんな鈍感な男でも察しがつきますよ」

「ならば、おぬしも、お絹殿のところに安心して戻れるな」

「はい。もし、お絹がそれがしを待っていてくれるなら」

「お絹は待っているよ。一日千秋の思いで」

「だったら、うれしいのですが」

伊能は弱々しく笑った。

文史郎は左衛門に向いた。

「爺、こやつも、幸庵のところへ、大至急に連れて行こう。お絹殿のため、伊能を死なせるわけにいかんからな」

「さようでござるな。さ、伊能殿、いっしょに船着き場に参ろう」

左衛門は伊能に肩を貸し、歩き出した。弥生が伊能を後ろから支えた。

「文史郎様も、ごいっしょに」

「うむ。あとから参る」

文史郎は戦場となった日本堤の道を見回した。

どこかに玄斎が居るはずだ。

火付盗賊改めの捕り手たちと、廓の若衆が、死体の片付けはじめていた。負傷者たちも、衣紋坂の茶屋に連れて行き、傷の手当てをしている。

黒装束の姿は一人もいない。

荷馬車の周りには廓の若衆や人夫が集まり、何台かは山谷堀の船着き場の方に移動しはじめていた。

一台の荷車の周りに人だかりができていた。

若衆たちが、茜が隠れていた空の衣裳箱を覗き、何ごとかを声高に話している。誰かが足抜けして逃走したらしい、という声がきこえた。

文史郎はまた首筋にちりちりした強い視線を感じた。先刻から、誰かに見られている。

だが、あたりを見回しても、それらしき人影はない。

「文史郎殿」

声がかかった。振り向くと火付盗賊改めの組頭だった。

「お疲れ様でござった。相談人のお陰で大勝利でござったな。当方にも、大勢負傷者が出たものの、これで月影党一味は壊滅させることができた。大目付松平義睦様も、きっとお喜びになられるでしょう」

組頭は屈託のない笑顔になっている。

「うむ。兄上には、よろしく申し上げてくれ。近く、御礼に上がるともな」

「畏まりました。そうお伝えしておきます」

組頭は満足気にうなずいた。

文史郎は、またも強い視線を首筋に感じた。思わず視線が来る方角に顔を向けた。

日本堤の道の上に、月明かりに照らされた黒い人影が一人立っていた。長い杖を手にしてじっと佇んで、文史郎を見ている。

しかし、殺気も剣気もない。

もしや、玄斎様では？

文史郎が声をかけようとしたとき、人影はくるりと踵を返し、歩きはじめた。追おうとして、文史郎は思い止まった。

もし、玄斎だったら、いまの一部始終を見ていたことだろう。月影党一味が壊滅する様子を見ていたに違いない。

月影党の総帥である玄斎の心境を慮（おもんぱか）った。

弟子たちの七人衆が、文史郎たちに次々に倒されるのを、どんな気持ちで見ていただろうか？

憤怒、悲嘆、失望、絶望、孤立感、そして、めらめらと燃える復讐心の炎。

そんな心境の玄斎を追えば、必ず立ち合うことになる。

文史郎は玄斎を追わなかった。

いつしか、玄斎の影は、月明かりの中に消えていた。

文史郎も踵を返し、弥生たちが待つ船着き場へと大股で歩き出した。

八

それから、二十日ほどが経った。

文史郎の毎日は、いつもの生活に戻っていた。

左衛門は、何かいい相談事はないか、と口入れ屋の権兵衛の店に通っている。

弥生は、毎日、師範代の武田広之進や高弟の高井真彦と、門弟たちに稽古をつけている。

文史郎は、いつものように、釣り竿を肩に大川端に行き、釣り糸を垂れている。

その後の話をせねばなるまい。伊能竜勝は、無事にお絹の許に戻り、親子三人の暮らしに戻った。

村上藩主のお世継ぎ問題も、他家から正室の娘に婿養子が入ることで、ようやく決着がついた。

そのため、伊能竜勝の脱藩は許され、伊能一家は在所への帰還が許された。伊能一家はいまは郷里の村上郷で郷士として幸せに暮らしている。

茜と佐助のその後についても記しておかねばなるまい。

佐助の怪我が治るまで、しばらくの間は、弥生の道場に匿(かくま)われていたが、佐助が元気になると、佐助の郷里である浪速(なにわ)に帰った。

いまは佐助は茜と夫婦になり、佐助は浪速の呉服屋の手代となって働いている。女房の茜はおさきと名前を変えて、同じ呉服屋の女中になって働いている。

吉原では、一時、若衆が佐助と藤壺を捜して、江戸中を巡っていたが、そのうち、二人は心中したらしい、という噂が流れ、いつしか捜索は打切りとなった。そんな噂を流したのは、玉吉たちだ。

すべては丸く納まったように見えるが、実はそうではなかった。

ある日、文史郎の許に、一通の手紙が届けられたのだ。

その書状は、夏目老人こと玄斎からだった。

書状の中身は、果し状だった。

日時は、次の十五夜になる九月十五日深夜子(ね)の刻。

場所は、正国寺境内。以前、月影党の隠れ家だった廃寺だ。

なお、文史郎一人で、御出でいただきたく、と付記されてあった。

九

黒々とした杉の木立の間に、巨大な真ん丸な月が見えた。赤く潤んだ熟柿を思わせる満月だった。

杉林を背にした伽藍が暗闇の中にひっそりと建っている。

参道に厳(いかめ)しい山門が建っていた。

文史郎は踵を返して振り返った。左衛門を手で押し止めた。

「爺、ここから先は、それがし一人で行く」

「ですが、殿、相手は何をやるか分かりませんぞ。大勢で待ち受けているかもしれません」

「そのときはそのときだ」

「しかし……」

「爺、心配いたすな。それがし一人で来る約束だ。相手も武士だ。武士に二言はない」

文史郎は心配顔の左衛門を手で制した。

立ち合うにしても、一対一の勝負だ。

文史郎は、斬りたくない、と思った。できることなら斬り合わずに済ましたい、刀を納めて何ごともなく別れたいと思った。

玄斎に対して不思議に憎しみがなかった。

文史郎は寺の山門を潜ると、月明かりに照らされた境内に足を踏み入れて行った。

「殿、お気をつけて」

「爺、呼ぶまで決して来てはならぬぞ」

「はい」

左衛門は渋々答えた。

文史郎はまた踵をくるりと返し、本堂の伽藍に向かって、ゆっくりと大股で歩いた。

本堂も僧坊も真っ暗だった。明かりが灯されていない。

境内を歩んでいくと、満月が杉の梢の上に浮かび上がり、伽藍の甍や境内を白々と照らし上げた。

本堂や僧坊、六角堂に人影はない。

待ち伏せている気配もない。

文史郎はまるで昼間のように明るい境内を静かに歩を進めた。

月影を浴びて本堂の伽藍が境内の地面に黒い影を作っている。

あたりには、虫の声が喧しく鳴き立てている。

鈴虫、松虫、ありとあらゆる虫たちが競うように鳴いている。

虫時雨。

文史郎は参道に立ち止まり、目を閉じて、虫の音に耳を澄ました。

「文史郎、待っていたぞ」

低く嗄(しゃが)れた声が頭上で響いた。虫の音が止んだ。

上から猛烈な殺気が降って来る。

文史郎は、はっと身構え、伽藍の甍を見上げた。

煌々と照る満月の中に縦一文字の黒い人影があった。大刀を抜き放ち、天空に突き上げている。

真剣が月光に映えて、星明かりのように輝いていた。

「待て。玄斎殿、話をしよう」

「話すことはない」

「どうしても、立ち合うというのか?」

「くどい。わしと勝負せよ」

「それがし、玄斎殿を斬りたくない。この斬り合い、なんとか剣を納めることはできませぬか？」

「できぬ。正々堂々と立ち合え」

「それがしは、嫌でござる。立ち合えば、どちらかが死ぬことになる。なぜ、玄斎殿とそれがしが立ち合わねばならぬのだ？」

「文史郎、人は遅かれ早かれ、いつか必ず死ぬ。その運命を変えることはできぬ」

「玄斎殿、すべては終わったのでござる。これ以上、争うのは、本意ではござらぬ。玄斎殿は役目を果たされた。誰も玄斎殿に文句をいうことはできない」

「………」

「我々はなんのために、戦わねばならないのですか？」

「わしには戦う理由がある」

「それはなんでござろう？」

「我が月影流秘剣月影が勝つか、それとも、おぬしの心形刀流秘剣引き潮が勝つかだ」

「どうしても、立ち合えとおっしゃるのか？」

「文史郎、それが宿命というものだ。いざ、参る」

甍の上の影が、刀を大上段に突き上げ、また縦一文字になった。再び猛烈な殺気が文史郎に降りかかって来る。

「分かり申した。お相手いたす」

文史郎は思わず、頭上を見上げながら、刀の鯉口を切った。

甍の上の玄斎の影が、天空に跳び、一気に文史郎に向かって降りて来る。

文史郎は飛び退き、刀を抜いた。飛び降りてくる玄斎から逃れ、間合いを取った。

地上に飛び降りた玄斎は、白装束の着流し姿で、白髪混じりの髪を後ろに束ねていた。まるで修験者の姿だった。

「出せ。秘剣引き潮！」

「玄斎殿も、秘剣月影をお出しください。それがし、玄斎殿の剣に倒れるなら、本望でござる」

文史郎は、そういいながら、刀を右下段に構えた。刀の刃を返して、相手に向け、じりじりと後退させる。

秘剣引き潮。

矢を番（つが）えた弓の弦をじりじりと引き絞り、刃先を後退させて間合いを取る。

「ほほう。それが我が愛弟子、大月や秋月を倒した秘剣引き潮か？」

玄斎の影は穏やかに笑い、大刀を立て、上段に構えた。

「はたして、わしの秘剣月影を受けることができるかな？」

玄斎の背後に満月が光を放ち、玄斎の影を隠している。

眩しい。

文史郎は目を半眼にして伏せた。

大月のときのように、次第に玄斎の軀から、猛烈な殺気が嵐のように吹き寄せて来る。その気の凄まじさに、文史郎は思わず、軀が揺れ、よろめきかけた。

月光がこれほど眩しくなるとは信じられなかった。

文史郎は目を閉じ、心眼を開いた。引き潮の構えを続けながら、心眼で玄斎の気の流れを探る。

目を閉じても、一向に月光の眩しさは変わらなかった。

ということは、これも幻術か？

文史郎は光の洪水に耐えながら、眩い光の中で蠢く玄斎の気に意識を集中した。

色即是空(しきそくぜくう)、空即是色(くうそくぜしき)……。

文史郎は心の中で般若心経(はんにゃしんぎょう)を唱え、刀の切っ先を表に返した。玄斎の気が動き、迫ってくる。

それにあわせて、きりきりと刀を引き絞る。目の中で怒濤が押し寄せる光景が見えた。

来る！

文史郎は光の束が押し寄せて来るのに合わせ、一気に弦を解き放った。

下段下方から、文史郎の刀が回転し、迫る光の束を斬り上げる。

玄斎の刀が文史郎に振り下ろされる気配を感じた。

斬り上げた刀が空を切った。

玄斎の刀が文史郎の右肩を切り裂いた。

文史郎は構わず、また一歩踏み込んだ。同時に相討ち覚悟で、斬り上げた刀をくるりと返し、相手の胴を払った。

ばさりと手応えがあった。

文史郎は軀を反転させ、その勢いのまま、刀を回し、再び相手の胴を斬り払った。

今度こそ、強い手応えがあった。

文史郎は右肩の痛みを堪え、立ち尽くした。

光の束が消え、玄斎ががっくりと膝をつくのが見えた。

そして、玄斎の軀は文史郎の目の前に、どうっと倒れ込んだ。

文史郎も斬られた肩の痛みに耐えられず、がっくりと膝を落とした。

「殿おお」

「文史郎様ああ」

左衛門と弥生の声が廃寺の境内に響いた。二人の影が走って来る。

文史郎は膝をつき、横たわった玄斎ににじり寄った。

「文史郎、わしの負けだ。見事だ」

玄斎は呻いた。

「いや、相討ちでござる」

文史郎はいい、玄斎を抱え起こした。

弥生と左衛門が、傍に駆け寄った。

「文史郎様、ご無事で」

「殿、……」

「文史郎、おぬしは幸せ者だ。こんな美しい女子に慕われ、父のような親しい傅役(もりやく)もいて」

玄斎は笑みを浮かべた。

「玄斎殿、死なないでくだされ」

「文史郎、おぬしに斬られて本望だ」

玄斎は喘ぎながらいった。

「玄斎殿、斬りたくなかった。御免なさい」

「何をいう。引き潮、見事だった。大月、秋月が負けたのも、ようく分かった。完敗だ」

「何を申される、相討ちではござらぬか」

「慰めはいらぬ。それにしても、……」

玄斎は口籠もった。口から、げほげほと泡混じりの血を吐き出した。

死期が間近だ、と文史郎は思った。

「いま一度……」

玄斎は言葉を継げなかった。

「いま一度、なんでござるか？」

「……おぬしとへぼ将棋を指したかったな」

玄斎はぽつりといい、目を閉じた。そして、がっくりと首を垂れた。

「……逝った」

文史郎は唇を嚙んだ。

空を仰ぎ見た。天空にほぼまん丸な月がかかっていた。

月影に、いま孤高の老侍が消えゆくのが見えた。

文史郎は心から玄斎の冥福を祈るのだった。

「さあ、文史郎様、引き揚げましょう」

弥生が文史郎を抱え起こした。

「殿、さあ、肩に摑まって」

左衛門も文史郎に肩を貸した。

文史郎は弥生と左衛門の肩に捉まり、月明かりが青白く照らす道を、一歩一歩歩みはじめた。

満月だけが文史郎の深い哀しみを見下ろしていた。

どこからか、フクロウの鳴き声がきこえた。

二見時代小説文庫

月影に消ゆ　剣客相談人21

著者　森詠

発行所　株式会社　二見書房
東京都千代田区三崎町二-一八-一一
電話　〇三-三五一五-二三一一［営業］
〇三-三五一五-二三一三［編集］
振替　〇〇一七〇-四-二六三九

印刷　株式会社　堀内印刷所
製本　株式会社　村上製本所

落丁・乱丁本はお取り替えいたします。
定価は、カバーに表示してあります。

ISBN978－4－576－17176－0
http://www.futami.co.jp/

早見俊

居眠り同心 影御用

シリーズ

以下続刊

閑職に飛ばされた凄腕の元筆頭同心「居眠り番」蔵間源之助に舞い降りる影御用とは…!?

① 居眠り同心 影御用 源之助 人助け帖
② 朝顔の姫
③ 与力の娘
④ 犬侍の嫁
⑤ 草笛が啼く
⑥ 同心の妹
⑦ 殿さまの貌
⑧ 信念の人
⑨ 惑いの剣
⑩ 青嵐を斬る
⑪ 風神狩り
⑫ 嵐の予兆
⑬ 七福神斬り
⑭ 名門斬り
⑮ 闇の狐狩り
⑯ 悪手斬り
⑰ 無法許さじ
⑱ 十万石を蹴る
⑲ 闇への誘い
⑳ 流麗の刺客
㉑ 虚構斬り
㉒ 春風の軍師
㉓ 炎剣が奔る
㉔ 野望の埋火(上)

倉阪鬼一郎

小料理のどか屋人情帖

シリーズ

剣を包丁に持ち替えた市井の料理人・時吉。
のどか屋の小料理が人々の心をほっこり温める。

以下続刊

①人生の一椀
②倖せの一膳
③結び豆腐
④手毬寿司
⑤雪花菜飯（きらずめし）
⑥面影汁
⑦命のたれ
⑧夢のれん
⑨味の船
⑩希望粥（のぞみがゆ）
⑪心あかり
⑫江戸は負けず
⑬ほっこり宿
⑭江戸前祝い膳
⑮ここで生きる
⑯天保つむぎ糸
⑰ほまれの指
⑱走れ、千吉
⑲京なさけ
⑳きずな酒
㉑あっぱれ街道